KB057183

자고 있어, 곁이니까

아이를
갖기 시작한
한 사내의
소심한 시심

김 경 주

자
고
있
어,
곁
이
니
까

ㄴ난〉〈ㄷㄴ

1.

이것은 생명의 상상력에 관한 이야기다.

이것은 태내에 보내는 편지이기도 하고, 그 태내를 간직한 산모에게 보내는 편지이기도 하다.

이것은 아기의 신체가 생겨나는 동안의 시간과 변이에 대한 시인으로서의 내 감수성이기도 하고, 아기를 지니고 있는 아내의 신체가 변해가는 동안의 한 사내로서의 감수성이기도 하다.

이것은 아기를 상상하며 태내를 떠올리는 무의식에 관한 이야기이기도 하고, 하나의 꿈을 꾸는 듯한 이야기이기도 하다.

이것은 아기를 맞이할 준비를 하는 나와 아내의 현실성(불안과 경이)에 관한 기록이며 변화를 준비하는 내 삶의 고백들이기도 하다.

　이것은 숭고에 관한 하나의 상상력이다.

　그러니까 이 이야기는, 아이가 태내에 있는 동안 아이와 내
가 함께 꾼 태몽들이라고 믿고 싶다.

　2.

　내게 잊히지 않는 순간 하나를 고르라면 당연히 내 아이의
탄생일 것이다. 분만실에서 아내의 산통을 지켜보면서 지금
까지 한 번도 경험해보지 못한 뜨거움을 느꼈다. 말을 조금 보
태면 나도 분명 태어날 때 내 어머니와 함께 분만을 겪었을 텐
데, 그 기억은 지금 온전히 내 경험의 목록에서 잊혔을 텐데,
내 몸의 일부로 빚어진 아이를 기다리면서 그러한 경험을 상
기해볼 수 있었다. 그 뜨거움은 책이나 글쓰기로는 체험해보
지 못한 혈액 같았다. 진통 끝에 아내 배 속의 혈관을 타고 흘
러나오는 아이의 첫 머리를 보았다. 간호사가 아내의 배 위로
알몸의 아이를 올려주자 울음을 멈추고 다근다근 숨 쉬는 아
이의 풍경 앞에서 나는 울컥했다. 내가 묘사할 수 없는 혈액이
내 눈앞에서 나를 닮은 눈을 갖고, 나를 닮은 입술을 갖고, 나
를 닮은 숨을 쉬고 있었다. 오직 숨으로만 가득한 아이의 몸은
앵두처럼 붉고 맑았다. 그 숨소리를 무어라고 불러야 할 것인

가? 오랫동안 나는 내 글의 바깥에서 그 삶의 순간을 이해하기 위해 숨을 쉬었을 것이다. 돌이켜보건대 나는 아내가 아이를 가졌을 때부터 세심하고 자상한 배려와는 거리가 먼 사람이었다. 산통을 겪는 아내를 데리고 병원에 가서야 촉진제라는 것이 아이가 편하게 나올 수 있도록 놓아주는 주사라는 것을 알았다. 아내가 분만을 시작하자 나는 몹시 어리둥절했으며 막상 의료진 옆에서 내가 돕거나 할 수 있는 일이 하나도 없다는 것이 무색하고 고통스러웠다. 아이는 처녀자리로 9월의 중순, 세상으로 건강하게 나왔다. 출생신고를 하러 가면서 나는 아이의 이름을 소울soul이라고 결정했다. 아내와 나의 웃음과 울음을 절반씩 나누어 가진 하나의 이름이 세상에 보태지는 순간이었다. 그 이름으로 더이상 죄를 갖고 싶지 않다.

눈을 뜨면 제일 먼저 웃는 나의 아기에게,
그리고 아내에게,
이 책을 바친다.

2013년 2월
김경주

차례

서문
우리가 함께 꾼 태몽들

제1부 태동 : 초기

제2부 태담 : 중기

제3부 태교 : 후기

초
기

○네 심장 크기가 양귀비 씨앗만하다고 했다

오늘은 처음으로 네 심장 소리를 들은 날이란다. 며칠 전 병원에 가서 네가 이 세상에 생겼다는 소식을 들은 후 얼마나 이 시간을 기다렸는지 모른다. 초음파로 확인한 너의 심장 소리는 맑았다. 엄마의 살 속에 가라앉아 있던 네 심장은 아랫배 안에서 희미하게 숨을 쉬고 있었다. 네가 숨을 쉴 때마다 심장 소리가 선명하게 이쪽으로 흘러왔다. 아주 키 작은 물방울처럼 너는 고요하면서 맑은 박동을 가진 채 엄마의 살과 피 속에서 떨고 있었다. 미약하지만 분명한 선율과 배열을 가진 네 몸은 사과씨만하다고 하는데 눈에 보이지도 않는 네 몸 안에 그보다 작은 심장이 생겼다니. 의사는 그런 너의 상태를 아직은 태아가 아닌 배아라고 부른다고 한다.

나는 손을 뻗어 영상에 비친 올챙이처럼 둥글고 희미한 네 몸을 더듬어보았다. 내 손가락이 닿으면 놀라서 사라져버릴 듯 너는 작고 희미했다. 마치 자신의 호흡 속으로 달아나버린 것처럼 너는 화면 속에서 금방 사라졌다가 나타나곤 했다. 의사는 엄마의 아랫배에 둥근 마우스를 움직이면서 초음파 화면을 가리켰다. 여기를 보면 엄마의 자궁이 아직 달걀만한 상태라고, 마치 초록색 달걀 같다고. 자궁을 굴러다니고 있을 네 몸은 어떤 숨소리를 내고 있을까? 네 심장 크기는 양귀비 씨앗만하다고 하는데, 그 크기가 내 허약한 비유로는 쉽게 상상이 가질 않았다. 간호사가 기분이 어떠냐는 표정으로 나를 바라보았지만 나는 잠시 멍했다. 그 순간을 어떻게 명명해야 하는 것일까? 상상력이 닿지 못할 때 우리의 삶은 얼마나 허약해지는 것인가를 느낀다. 병원에서 출력해주는 초음파 사진을 들고 엄마를 부축하며 병원 문을 열고 나오는데 세상의 사내들 가운데 어떤 이들은 제 아가의 첫 심장 소리를 듣고 자신의 심장이 잠시 멎는 기분을 경험하겠구나 생각하니 미소가 절로 나왔다. 지금 나는 잠든 엄마의 배에 귀를 잠시 대어본다. 저 곳 어딘가에 우리가 나누어준 네 심장이 살아 숨 쉬고 있다. 아가야, 들리니? 내 심장은 가파르게 뛴단다.

잠든 엄마의 배 위로 담요를 올려주고 위층 서재로 올라왔다. 창문을 열고 1월의 차가운 공기 냄새를 맡는다. 컴퓨터 전원을 켜고 병원에서 녹음해준 네 심장 소리의 음원을 스피커에 연결한다. 나는 지금 네가 잠들어 있는 그곳을 다시 상상해보는 중이란다. 그곳의 양수는 따뜻한지, 네가 마시는 산소는 충분한지, 팔과 다리가 될 싹이 몸에서 생기고 있을 텐데 간지럽지는 않은지, 엄마의 심장박동 소리는 어떤 음악처럼 들리는지 궁금하구나. 아가야, 낮에 바로 하지 못한 고백을 하자면 지금 내가 듣고 있는 너의 심장 소리가 앞으로 내 삶의 구석구석에 퍼질 듯한 예감이 드는구나. 사실 임신테스트를 하고 온 엄마에게서 네가 생긴 것 같다는 소식을 처음 들은 날엔 벅차오르는 감정과 동시에 머리가 복잡했단다. 불현듯 우리의 삶에 출현한 너라는 세계가 형언할 수 없는 경이로움과 함께 엄청난 혼란스러움을 주었기 때문이지. 그 동요로 인해 며칠간 잠을 이루기 힘들 정도였으니 말이다. 부끄럽지만 엄마가 잠들면 나는 조용히 내 서재로 올라가 내 앞에 놓인 이 생명을 어떻게 받아들여야 하는가 고민하곤 했다. 아마 너라는 하나의 생명을 받아들이는 일이 내내 그렇겠지만 그동안 글을 쓰면서 내가 지속해온 관성, 즉 언어로만 길들여온 세계를 가지고서 내가 느끼고 있는 이 환희와 몽롱한 감정을 온전히 표현하기

　　　　　　　　자고 있어, 곁이니까

에는 어렵겠다는 생각이 들었다.

　아가야, 너는 지금껏 한 번도 나와 내 언어에 도착해본 적이 없는 인기척이란다. 아마도 내가 앞으로 너에게 보내는 편지들은 그런 비밀로 가득 찬 고백이 되어갈 것 같구나. 아가야, 비밀은 삶을 조금 더 친밀하게 해준단다. 내가 너를 느끼는 방식과 네가 나를 느끼는 이 방식이 사람들이 모르는 그런 대화였으면 좋겠구나. 조금 후면 생기게 될 너의 눈동자와 귓속엔 분명 우리가 나눈 그런 교감이 담기겠지. 친밀해진다는 건 아무도 모르는 우리의 눈들이 서로를 조금씩 알아본다는 거야. 네 심장 소리를 듣고 있으면 어둠 속에서도 나는 너를 느낄 수 있단다. 네 눈동자가 양수 속을 둥둥 떠다니는 꿈같은 느낌을 예감하면서, 나는 내 삶의 지난한 비밀들을 풀어가는 듯하다. 그건 이제 내가 시를 쓰면서 저 심장 소리로 어떤 삶을 구성해갈 것인가를 묻는 방식이 되겠지. 내가 머물고 있는 이 방이 온통 너의 심장 소리로 물들고 있다. 이것을 심음心音이라고 부른다는 것을 오늘 알았단다. 오늘밤엔 어떤 음악도 필요하지 않을 듯하구나. 너의 왼쪽 가슴에 잠겨 있을 심장이 불온하고 먹먹한 삶을 달래줄 것이라고 믿는다. 아가야, 지금 나는 너의 심장 소리를 통해 내 피를 느낀다.

○당신은 지금 두 개의 심장을 갖고 있습니다

당신은 아는지 모르겠지만 며칠 동안 새벽에 몇 번이고 당신의 배에 내 귀를 대어보았습니다. 아기의 심장 소리를 들으려 했습니다. 아마도 나는 앞으로 몇 개월은 당신 몰래 이렇게 배에 귀를 대고 있겠죠. 당신은 잠결에 아랫배에서 내 귀의 온기를 느끼는지 잠시 뒤척입니다. 아마도 나는 밤마다 몰래 당신의 아랫배에 가장 오랫동안 귀를 대어보는 사내가 될 것 같습니다. 이 비밀을 간직하고 살아도 되겠죠. 삶이 남기는 다양한 비밀은 저마다의 시차를 갖고 있다고 믿는 게 나인데, 때론 그 시차를 내 언어로 길들이고, 때론 다른 시차 속으로 비우고자 하는 게 내 시의 세계였는데, 당신의 아랫배에 존재하는 우리가 만들어준 세계에 대해 나는 다시금 새로운 시차를 느낍니다. 아이와 나는 지금 서로 다른 시차를 갖고 있겠죠. 아기의 심장 소리가 지금 내 귀가 알아들을 수 있는 시차라서 행복합니다. 그 사실은 언젠간 잊힐 것이고 먼 훗날 늙은 나는 그게 서러워서 당신의 아랫배에 귀를 기울여보던 이 순간의 내 귀를 만져볼 날도 오겠죠.

당신은 지금 두 개의 심장을 갖고 있습니다. 당신의 몸 안에는 당신의 심장도 있고 아기의 심장도 뛰고 있습니다. 한 몸에 두 개의 심장을 지닌 당신의 몸은 매일 어떤 상상으로 움직이고 있을까요? 당신은 앞으로 9개월을 두 개의 심장으로 살아갈 텐데 내 쪽에서 서툴게 짐작해보면 산모의 예민하고 섬세한 반응들은 아마도 두 개의 심장으로 지내는 동안 생겨나는 몸의 새로운 상상력이 아닐까요? 당신의 몸은 두 개의 심장이 나누는 대화일 것입니다. 사내인 나는 그 대화를 엿들을 수 없을 것입니다. 앞으로 우리 앞에 나타날 황홀한 경이와, 때로는 두서없이 나타날 불안의 감정들 또한 두 개의 심장이 보여주는 태동일 것입니다. 두 개의 심장이 나누는 그 태동은 불현듯 우리 앞에 삶이 되어 나타날 것입니다.

당신, 나는 그 태동에 가만히 귀를 기울일 자세를 준비하고 있습니다. 가끔 당신의 아랫배에 귀를 대고 있으면 당신의 것인지 아기의 것인지 구분하기 힘든 심장 소리가 들려옵니다. 내가 모르는 작고 미미한 그 세계는 아기집이라고 하더군요. 당신의 몸속에서 아기는 수시로 자신의 심장과 당신의 심장을 오가며 숨을 쉬고 있겠지요. 나는 당신의 아랫배에 귀를 기울이며 무엇을 듣고 있는 것일까요? 당신의 배 속에서 오래전 내 태동을 듣는 듯한 꿈도 꾸어봅니다.

새벽이 되면 아가의 심장 소리가 좀더 잘 들리지 않을까, 하는 나의 천진한 호기심이 한몫했지만 아직은 심장의 크기가 너무나 작아 그 소리가 내게 전해지지는 않았습니다. 당신이 아기의 심장 소리를 듣고 그날 밤 어떤 산모일기를 썼을지 궁금합니다. 요즘 나는 내 방으로 들어가 아기의 심장 음원파일을 들으며 경이에 가득 찬 생각들을 떠올리곤 합니다. 당신도 알다시피 나는 요즘 신체에 관련된 한 권의 책을 준비중이지요. 오래전부터 준비해온 작업이라는 것을 당신도 잘 알고 있겠지요. 올해는 어떻게든 그 책의 마무리를 하고 싶은데 실은 진행이 더딥니다. 갑작스레 우리 삶에 나타난 아기의 출현도 분명 큰 이유겠지요. 하지만 나는 며칠 전 우리 아기의 심장 소리를 듣고 새로운 희망에 가득 차버렸다지 뭡니까.

당신, 정말이지 나는 인간은 모두 태내에 있는 동안 두 개의 심장으로 지내는 시기가 있었다는 사실에 경이를 품고 있습니다. 자신이 머물고 있는 몸이 엄마의 몸이기도 하므로 우리가 자궁에 있는 동안 한 몸속에서 두 개의 심장을 가진 시기가 있었다는 사실은 숭고에 가깝습니다. 오늘밤은 당신이 아기의 몸 안으로 들어가 아기의 태내에서 팔다리를 구부린 채 잠들어 있는 듯합니다. 두 개의 심장은 자리를 바꾸어도 숨소리는 같습니다. 아기의 숨소리를 내쉬며 당신은 내 옆에 곤히 잠들어 있습니다.

○ 당신은 산모입니다

당신이 멀리서 걸어올 때 산모는 하나의 풍경입니다. 산모라는 단어를 가만히 상상하면 당신의 살과 아기의 살이 녹아 있고 당신의 피와 아기의 피가 스며 있음을 압니다. 당신의 뼈와 아기의 뼈가 산모의 살 속을 떠다니며 출렁거린다는 상상인 게지요. 지금 내가 지닌 산모라는 단어에서는 내 아기의 숨소리가 들립니다. 나는 그 숨소리에 연연하는 사람입니다. 나는 그 숨소리에 사랑받는 사람입니다. 내 아기의 숨소리에서 산모의 냄새가 납니다. 그건 나만 알아볼 수 있는 상상력입니다.

당신이 멀리서 걸어올 때 산모는 하나의 풍경입니다. 당신이 산모가 될 때 당신은 이제 두 개의 심장을 가진 여인이 되고, 당신이 산모라는 단어로 누군가에게 발음될 때 당신은 우

리가 사는 이 세계가 보살핌으로 이루어졌다는 것을 예감합
니다.

　당신이 멀리서 걸어올 때 산모는 하나의 풍경입니다. 나는
산모라는 단어를 공책에 적어넣습니다. 이제부터 내 공책에
산모라는 단어가 들어와 삽니다. 내 공책은 산모라는 단어를
잘 보살필 겁니다. 산모라는 단어를 연필로 또박또박 적어넣
으니 산모라는 단어 위를 지나가는 바람 속에 우리가 어둠 깊
이 서로를 가만히 안아주었던 흔적이 나타납니다. 나는 요즘
한 산모를 안아주는 일로 밤을 샙니다.

　산모라는 단어에는 당신의 살냄새가 납니다. 산모라는 단
어에는 아기의 살냄새가 납니다. 당신이 멀리서 걸어올 때 산
모는 하나의 풍경입니다. 당신은 내 살이 녹아 있는 산모입니
다. 당신은 산모입니다.

○아이의 이름을 지으며 세상의 모든 단어들을 다시 배워가는 느낌입니다

나는 늘 사람들에게 과잉된 음성으로 아이를 갖는 일의 두려움에 대해 이야기해왔습니다. 그 혹한을 감당할 수 없을 거라며, 나는 아이를 갖지 않겠노라며, 호기를 부리곤 하였지요. 그 용담이 부끄러운 적은 없지만 크게 떠들며 내세울 만한 것도 아니었다는 사실에 요즘 웃음이 자주 난답니다. 나는 당신을 안았고 우리는 서로의 음성으로 부드러운 잠결을 불러들이는 습관을 지닌 사람이 되어가고 있습니다. 사람들은 그게 부부가 되는 일이라고, 더 지나면 어느 소설가의 하오의 고백처럼 이불 속에서 곧 방귀를 틀 날이 올 거라고 했듯이 말입니다.

한없이 연약한 우리의 습관이 세상의 어느 구석을 차지하게 되는지요. 남다른 애정은 부족하지만 세상을 상대하기에 우리의 인연이 때로 충분하다는 생각이 들어요. 나는 곁이어서 고맙다는 말을 어느 난간에 기대어 당신에게 처음 했습니다. 우리가 곁인 동안 세상에 아무런 일이 일어나지 않는다고 해도, 우리가 곁인 동안 세상이 우리에게서 잠시 떨어져 있어도 좋다고 생각하는 것이 늘 내 문장의 각오가 되길 바랍니다. 오늘은 당신이 내 문장의 곁이 아니라 내 곁의 문장이라서 다행입니다. 이것이 요즘 내 눈이 세상을 비추고 있는 생활의 발견입니다. 우리가 잠들기 전 서로의 머리칼을 쓸어주는 이 습관이 의무나 참혹이 아니어서 다행입니다. 나는 우리의 아이를 우리가 만들어낸 곁이라고 불러도 좋을 사내입니다. 우리가 만들어낸 그 작은 공간을, 아직은 이름 없는 풍경이라고도 불러봅니다.

　가계를 꾸린다는 것이 얼마나 지난해지는 일인지, 나는 요즘 인생 선배라고 자부하는 주위 지인들에게 귀가 아프도록 듣고 있습니다. 속물적이라고까지 비유할 것은 못 되지만 이러쿵저러쿵 노하우마다 그 집 반찬 냄새나 가풍이 버무려져 있어 이해되지만 거북한 조언도 있고, 거북해서 이해하기 싫은 종류의 장르 불문 이야기도 많이 듣고 있습니다. 내용 불문하고 쉽게 말하자면 "좀 지나면 달라진다"거나 "아이 낳아봐라 트랜스포머처럼 지구를 가정이라 생각하고 구하고 있을 거다" 같은 것들이지요. 믿거나 말거나 나는 칙칙해지는 것보다 축축해지는 삶을 선호하는 편이고 센 척하기보다는 쑥스러움을 타는 편이 더 낫다고 생각하는 사람입니다. 아이를 가졌다고 말할 때마다 그들의 수많은 조언과 아량 앞에서 내가 버티는 틈새는 이런 식입니다. "난 요즘 아이의 이름을 지어보며 세상의 모든 단어들을 다시 배워가는 느낌입니다. 이런 느낌을 관통할 수 있는 풍수지리는 어디 없을까요?"

○ 우리는 함께 입덧을 앓고 있습니다

새벽에 악몽을 꾸었는지 잠결에 당신이 흐느끼는 소리에 깨었습니다. 창밖에는 엷은 비가 내리고 있었습니다. 나는 당신의 몸을 껴안아주며 달랬습니다. 그리고 당신이 잠시 진정되는 듯해 일어나서 비가 들이치는 창문을 닫고 다시 당신 옆에 누웠습니다. 전에도 가끔 이런 적이 있어서 나는 크게 당황하지는 않았지만, 그게 누구든 꿈속에서 울다가 깨었는데 현실에서도 눈물이 계속 흐른다는 사실은 마음이 아픕니다. 그게 곁이라면 더욱 그렇습니다. 예전에 저는 어느 시에선가 당신과 비슷한 경험을 고백한 적이 있어요. "그게 누구라도 이불 속에서 손을 잡아주면 눈물이 난다"고. 그 시절 저 역시 당신처럼 울다가 깨어난 경험이 있었는데 아무도 모르게 눈물을 닦고 다시 잠들어야 할 때 그 사람의 눈은 점점 외로워진다는 이야기였죠. 나는 당신을 달래면서도 꿈속에 무엇을 보았느냐고 묻지 않았어요. 어쩐지 내가 꿈속에서 무언가 당신을 서럽게 했다는 직감이 들었기 때문입니다. 당신, 말하지 않아도 그 눈물에는 내 성분이 있을 거라는 사실을요.

자다가 당신이 울면서 깨어날 때, 혹은 내가 자다가 혼자서 흐느끼고 있을 때, 우리들의 무의식 속에서 서로가 어떤 존재로 나타날지 나는 자주 불안하고 두렵습니다. 라캉이 말하길 증상이란 무의식의 세계에서 실재에 무언가 문제가 있다는 것을 알리는 신호라고 했는데, 프로이트 이전의 마르크스는 실재의 세계에서 무엇이 문제인지를 보여주는 신호로서 증상이 나타난다고 했는데, 나는 그저 나와 당신의 무의식이 억압된 상태가 아니길 바랄 뿐입니다. 물론 이런 정신분석학적 접근으로 우리들의 꿈을 전적으로 해석하기란 불가능하겠죠. 아이러니하게도 정신분석학이 인간에게 유의미하게 존재할 수 있는 것은 어떤 학문이나 과학보다 인간의 개별적 특수성에 주목한다는 것일 테니 우리를 쉽사리 그들의 예지몽이나 히스테리의 범주에 가둘 순 없을 것입니다.

당신, 악몽은 불안하고 힘든 경험입니다. 악몽이란 분명 몸

자고 있어, 곁이니까

으로 경험하는 사실이면서도 눈앞의 사실이 아니니까요. 악몽은 뜬 눈 앞의 사실이 아니라, 감은 눈 안의 사실이니까요. 꿈에서 자신도 모르게 중얼거리는 말들이 악몽의 입덧이라면 우리는 함께 입덧을 앓고 있는 거라고 생각합니다. 당신의 몸 안에 우리의 아가가 잠들어 있는 그곳까지 그 악몽이 흘러가지 않길 바라요. 몇 개월 후 태어날 아기의 중얼거림을 알아듣기 위해서, 지금 우리는 잠시 멀미를 하고 있는 겁니다. 이불 속에서 당신의 손을 잡아줄게요.

○ 오이를 고르려고 한단다

오늘은 엄마의 생일이란다. 명절이 곧이기도 하여 고향에서 아빠의 부모님이 올라오셨고 그래서 네 외할머니와 외할아버지, 그리고 이모와 함께 집에서 저녁을 먹었단다. 이모는 엄마의 동생이지. 푸드스타일을 공부하는 네 이모가 궁중음식을 배워서 저녁상을 근사하게 차려주었단다. 엄마는 임금님 상이라고 좋아하더구나. 엄마는 저녁이 되어 사람들이 모두 돌아가고 나서 너에게 속삭이더구나. "맛있었니?" 모두가 널 궁금해한단다.

나는 식사 자리에 앉아 어른들에게 태어나서 초음파로 처음 여자 배 속을 들여다본 기분에 대해서 이야기해드렸단다. 며칠 전 아기집이라고 하는 태낭을 확인했으며 이제 아기를 가진 지 한 달이 되어가니 척수의 기초가 되는 신경관을 비롯해서 혈관계와 순환계 등이 완성되었을 거라며 너스레를 떨었단다. 그러면서 심장 소리에 관해 떠들었지. 그 조그마한 심장이 뛰면서 온몸으로 혈액을 뿜어내기 위해 일 분에 백 번에서 백삼십 번까지 뛴다고, 심음을 헤드셋으로 들으며 손가락으로 그걸 모두 세어보는 재미로 책상에 앉아 있다고.

　내 표정이 들떠 있었는지 외할머니는 미소를 지으며 날 바라보더구나. 할머니는 아기를 가지면 자궁이 커지면서 부드러워지고 둥글게 변한다며 이제 조금씩 배가 당기며 불러올 거라고 다근다근 마치 아이에게 속삭이듯 이야기하시더구나. 그러면서 아기의 신경관 손상을 막기 위한 엽산은 잘 먹고 있는지 입덧은 없는지에 대한 걱정을 많이 하셨단다. 엄마는 가끔 한기가 느껴지고 몸이 나른하며 잠이 쏟아지는데 그게 멀미인지 입덧인지 아직 구분이 잘 가지 않는다며 서운한 표정으로 나를 한 번 올려다보더구나. 그 순간 며칠 전 스파게티가 먹고 싶다고 했는데 급하게 생긴 저녁 약속 때문에 그 바람을 지키지 못했던 것이 떠올랐지. 엄마는 너를 데리고 혼자서 모차렐라 튀김과 샐러드를 먹고 온 게 내내 섭섭했나보다. 다음 날 아빠의 후배인 연극을 하는 훈희와 함께 셋이서 홍대에 있는 콰트로에 가서 알리오 올리오와 새우 칠리 스파게티를 먹긴 했지만 입덧으로 무언가를 먹고 싶다고 처음으로 아빠에게 고백한 건데 그게 영 마음이 걸리더구나.

아가야, 넌 맛있었니? 입덧에는 찬물에 담가놓은 오이를 한 입 베어 물면 좋다고 하기에 아빠는 오늘 집으로 돌아오는 길에 마트에 들러 싱싱한 오이를 고르려고 한단다.

○너는 어떤 눈동자를 가졌을까?

네 눈동자에 대해서 상상하는 밤이다. 너는 어떤 눈동자를 가졌을까? 네가 가진 시야는 아직 미약하겠지. 네가 어둠 속에서 조용히 눈을 뜰 때 엄마는 자신의 심장을 잠시 멈추고 네 심장 뛰는 걸 느낀다고 한다.

네가 태어나면 나는 제일 먼저 너의 조그맣고 까만 눈동자에 가만히 손을 대어보고 만져보고 싶구나. 삶이 허약해질 때마다 우리의 의지가 너의 눈동자를 따라가기만 해도 흐릿한 미래가 맑아졌으면 좋겠다. 그랬으면 좋겠다. 우리의 눈동자들 또한 지금 네가 어둠 속에서 눈을 뜨고 바라보고 있을 아주 먼 수평선까지 닿아보는 데 쓰였으면 좋겠다. 정말로 그랬으면 좋겠다.

○ 오늘도 나는 입덧을 공부합니다

오늘은 도서관에 가는 길에 입덧에 대해 조금 공부했어요.
몇 번인가 의학서적을 뒤적거려보기는 했지만 혼자 몰래 입
덧에 관련된 페이지를 찾아본 건 처음이에요. 입덧이라는 말
참 재밌어요. '아침의 구역질morning sickness' 이라는 어원을 갖
고 있던데 당신, 정말 아침마다 힘들겠다 싶어요. 체내에서 아
기를 기르는 포유류들에게는 대체로 입덧이 존재한다고 하네
요. 고양이는 새끼를 가지면 구토를 억제하기 위해 생선보다
는 풀을 뜯어먹는다고 해요. 개나 원숭이도 임신을 하면 냄새
가 나는 것들을 피한다고 해요. 체내에 생명이 생기면 몸의 호
르몬이 새로운 상태와 조건을 만들기 위해 조절을 하기 시작
하는 데서 오는 것이 입덧이라는데, 아기가 자신의 존재를 알
리는 신호라고 여기면 마음이 조금 편해진다는데, 당신도 입

덧을 그렇게 받아들이고 있는 건지는 모르겠어요. 미안해요. 나는 입덧에 대해 무지해요. 어렸을 적 새끼를 낳을 수 없는 토끼가 마술사의 속임수에 꼬여 몰래 남의 새끼 토끼를 삼키면 자신도 새끼를 가질 수 있다는 동화책을 읽고는 자다가 침대에 물고기를 한 마리 낳고 싶어서 집 안의 어항 속 열대어를 한 번 삼켜본 적이 있어요. 그때 배 속이 따뜻해지고 메슥거려서 토했던 경험이 있는데, 그런 기분일까요? 당신, 혹시 내가 모르는 동안에 길 가다가 어딘가에 쭈그려앉아 토하고 있지는 않나요?

나는 입덧에 관해 사람들에게 묻기도 했어요. 입덧에 대해 궁금해하자 사람들은 내가 무척이나 다정하고 친절한 사람인 것 같다고 놀라더군요. 아이를 가진 아내의 입덧까지 고민하고 있을 줄 몰랐다는 듯이요. 나는 그들에게 내 다정을 설명하고 싶지는 않았어요. 다정이 별건가요. 함께 사는 동안 서로 등에 손을 넣어 긁어주고 문질러주는 사이 아닌가요. 삶에 체할 때 당신이 내 목구멍에 손가락을 넣어 가시를 빼어주었듯이, 나도 당신이 메스꺼울 때 등을 두들겨주고 싶어요. 당신의 배 속에 생명이 생겨났듯이 내게도 새로운 눈꺼풀이 생기고 있나봐요. 당신은 그리 입덧이 심한 편은 아니지만 내가 입덧에 대해 미리 알아두어야 할 것 같아서요. 아무렇지 않은 척 내게 숨기지 말아요. 문명에 의해 나는 길들여졌지만 아직 나는 모성으로 인해 이 문명을 견디고 있어요. 아이가 당신의 배속에서 입을 벌리고 중얼거릴 때마다 입덧이 당신의 입으로 올라오는 거라면 나는 기꺼이 당신의 입에 귀를 대고 함께 그소리에 귀 기울일게요. 서로의 볼을 비벼주는 포유류처럼.

○ 너의 태명, 두유do you?

오늘은 너의 태명을 지었단다. 처음엔 튀니지의 사막에서 널 가졌으니 우리가 머물던 그 사막의 마을 이름을 따서 두즈douz라고 했지. 그 마을은 사막의 한가운데에 있는 아주 조용하고 아늑한 마을이란다. 네가 처음 착상된 공간에 의미를 두고 싶은 마음에서 정한 것인데, 어쩐지 발음하기 좀 곤란해서 다시 두유do you?라고 바꾸었단다. 마음에 들지 모르겠다. 너의 태명을 짓기까지 조금 시간이 필요했는데 사실 그건 태명에 대해 조금 골똘한 생각을 오래전부터 하나 갖고 있었기 때문이란다. 태명이라는 건 태아 상태에 있을 때의 이름이라 아이가 세상으로 나오면 더이상 그 이름은 불리지 않고 버려질 텐데, 그렇다면 그 이름은 어디로 사라지는 것일까? 아마도 세상의 모든 태명은 엄마의 자궁이 보관하는 이름이 아닐까? 그

37

렇다면 아기가 머물던 그 최초의 방인 태내에 해당하는 공간에게도 이름을 붙여주어야 하는 것은 아닐까? 네가 머물고 있는 그 방의 이름은 무엇으로 지어야 할까?

슬프게도 아빠가 너처럼 태아 상태였을 때 머물던 그 방은 이제 세상에 존재하지 않는단다. 아빠의 엄마인 너의 할머니는 자궁을 전부 비워야 하는 수술을 몇 차례나 받고 이제 더이상 자궁이 남아 있지 않거든. 사람들이 자신의 태내로 다시 돌아갈 수 없어 그리워하는 것이 모성이듯이, 자신이 최초로 머물던 공간이 이 세상에서 완전히 사라지는 경험은 이 세상을 공간의 형태로 연민하게 되는 습관을 가지게 한단다. 가령 자신이 살았거나 머물렀거나 하는 공간이 무척이나 다정하고 아련하게 느껴지는 순간들이 오게 되지.

아가야, 너에게 이런 이야기들을 남겨놓는 이유는 먼 훗날 너 역시 네가 머물던 그 공간에 다시 이름을 붙여주어야 하는 순간이 올지 모른다고 생각하기 때문이란다. 너의 태명인 두유do you?는 네가 있었던 곳이 어디인지를 다시 묻는 이름이 되기를 바란다. 네가 머무는 공간마다 그건 태명에 다름 아님을. 너는 네 태명에 어떤 의미를 부여하고 살지 벌써부터 궁금해

자고 있어, 곁이니까

지는구나.

  태명을 짓고 나니 문득 네가 태어나고 가질 목소리를 짐작
해보게 되더구나. 이름을 갖는다는 것은 목소리를 갖는다는
것일 테니 네 목소리는 어떨까? 엄마와 나는 저녁이 되면 거실
에 앉아 그런 이야기를 하면서 시간을 보낸단다. 너의 눈동자
가, 너의 손가락 발가락이 어떻게 생겼을까보다 너의 목소리
를 먼저 궁금해하는 우리 둘은 조금 의아해하면서도 소소한
호기심에 기쁘단다. 아가야, 인간이 목소리를 갖는다는 것에
는 고백을 할 수 있다는 축복이 담긴 거란다. 네 목소리가 고
백을 아끼지 않는 사람의 목소리를 닮아갔으면 좋겠구나.

○ 내 목소리에 쫑긋하는 아기의 귀를 상상하는 밤

오늘 아침엔 밥을 먹다가 당신에게 하루에 한 편씩 매일 내 시를 들려주고 싶다고 말했습니다. 그런데 오후가 되고 보니 어쩐지 나는 머쓱해져 그것을 계속해나갈 수 있을지 자신이 없어졌습니다. 그래도 약속을 했으니 오늘은 집에 돌아오자마자 당신을 소파에 눕히고 「먼저 자고 있어 곁이니까」를 읽어주었지요. 아마도 나는 아기에게 내 목소리를 들려주고 싶었는지도 모르겠어요. 사실 시를 쓰면서 나의 태아에게 내 시를 읽어주고 싶어할 날이 오게 될 거라고는 꿈에도 생각해보지 못했어요. 물론 내가 지금까지 시를 쓰며 살아가리라는 것도 상상해본 적 없었죠.

이맘때가 아기의 시신경, 청신경이 급속하게 발달하는 시기라는데 게으르지 않다면 나는 밤마다 돌아와 아기에게 내 목소리로 시를 들려주면서 아기의 목소리를 상상해보는 일로 시간을 보내고 싶습니다. 내 목소리에 쫑긋하는 아기의 귀를 상상해보는 밤은 원고 마감을 조금 늦추어도 좋을 듯합니다.

○ 태명은 제 이름을 다하고 사라진다

　　280일 동안 태아를 기르다가 출산 후 자신의 생명을 마감하는 태반처럼, 태명은 제 이름을 다하고 사라진다. 아기의 심장에 있는 캄캄한 심실과 심방에선 우리가 불러주는 태명이 매일 조용히 흔들리고 있다.

○너의 작은 폐를 상상하는 밤

  너의 작은 폐 속에 나비가 있고 새소리가 있고 바람과 숲소리가 있다. 나는 엄마의 배에 귀를 대고 네 조그마한 가슴까지 주파수를 맞추며 그것들을 들을 수 있는 시간을 산책이라 부른단다. 이 산책의 이름을 아직은 명명하지 못하는 동심童心이라 가만히 불러본다.

○네 미뢰로 맛보는 양수는 어떤 느낌일까?

네가 얼마나 자랐을까 궁금해서 요즘 나는 틈만 나면 태아
의 발달 과정에 대한 자료들을 들여다본단다. 아가야, 넌 이제
2센티미터 정도로 자랐겠구나. 이 시기엔 혀에 미뢰라는 기관
이 생긴다고 들었다. 혀 표면에 난 맛을 감지하는 돌기 같은
거라고 하더구나. 이제 곧 네 폐도 발달하기 시작해서 조금씩
양수를 마시기 시작하겠지. 네 미뢰로 맛보는 첫 양수는 어떤
느낌일까? 양수는 해수와 비슷하다고 하는데 네가 고래처럼
아주 먼 곳까지 항해를 하러 나가 있어도 엄마 소리를 듣고 다
시 돌아올 수 있었으면 좋겠다.

○ 인내심과 견고함

아기가 머무르고 있는 배 속의 시간에 대해 나는 어떤 응답을 하고 있는 것일까? 그건 일찍이 마르셀 프루스트가 자신이 잃어버린 시간을 복원하기 위해 받아들인 '경험의 성숙에 대한 비밀' 같은 것이 되어야 할 텐데, 하나의 생명에 대해 발언하고 그 이미지를 표현하기 위해서는 언어에 대한 인내심과 삶에 대한 견고함을 더욱 필요로 하는 듯싶다.

○ 이제 네게 눈꺼풀이 생겼단다

너를 만나러 병원에 왔단다. 오늘이 초음파로 너를 세번째 만나는 날이구나. 아빠는 그사이 책을 뒤적거리면서 초음파 보는 법에 관해서도 조금 공부를 했단다. 엄마가 누워 검사를 받는 몇 분 안 되는 그 시간 동안 영상 속의 너를 제대로 보고 싶어서였다. 의사 선생님은 네가 아기집(태낭)에 안전하게 들어가 있다고 하더구나. 이제 자궁은 레몬만한 크기가 되었으며 넌 머리가 생겼고 팔과 다리도 자라는 중이고 귓불이 생겼다고 했다. 이번 주 이후에는 귀의 내부도 기능을 하기 시작한다고 했다. 아직 태교 단계도 아닌데 음악을 고르는 나의 모습을 보며 네 엄마는 나를 자주 핀잔하지만 나는 아무래도 좋단다. 너에게 들려줄 음악을 고르는 일은 무엇보다 남의 손을 빌리고 싶지 않거든.

아가야, 내가 너와 가장 함께하고 싶은 여행은 언제나 음악으로의 여행이란다. 음악은 삶을 누구에게도 설명하기 싫을 때 그것을 비밀스럽게 해주고, 삶이 잔인하게 너를 데리고 비탄을 보여줄 때도 네 옆의 천사가 되어줄 유일한 친구라고 믿게 한다. 음악은 너를 잃으면서도 너를 찾을 수 있는 가장 좋은 혼잣말이 되어줄 테니까.

너는 어느덧 포도알만한 크기인 4백그램에서 2.6센티미터가 되었더구나. 물론 네 심장 소리는 전보다 더 건강했다. 네 심장 소리를 듣고 있을 때면 내가 만질 수 없는 세계에서 들려오는 광활한 생명력이 전해진다. 그걸 어떤 영감이라고 부를 수 있을까? 영감이 어떤 창조적 공간과 닿아 있다면 분명 맞는 말이겠지. 오늘 무엇보다 내가 놀라고 영감을 받은 게 있다면 아직 너에게 꼬리뼈가 연장된 꼬리가 남아 있으며 이제 눈꺼풀이 생겼다는 점이었다. 양수 속에 담겨 떠다닐 너의 눈꺼풀과 남아 있는 꼬리를 상상하는 밤이다.

○너는 지금 물방울의 체중

「물방울의 체중」이라는 시를 쓴 적이 있다.

나는 이제 갓 생기기 시작한 내 아가의 심장을 '물방울의 체중' 이라고 부르기로 하였다.

내 언어가 당신의 배 속, 아기의 심장에 맺혀 있는 물방울을 닮아가길 바라는 마음에서.

○ 대하를 처음 보았어요

당신의 유두가 점점 검어지고 있어요. 병원에서는 이 시기가 유산의 확률이 가장 높다고 조심하라고 했는데 당신이 쉬지 못한 채 매일 출근을 하는 상황이라 조금 걱정이 됩니다. 나는 기질이 그다지 다정한 사내가 아니고 세상사에 신경질적이며 무엇에든 쉽게 피로해지는 성격이라 당신에게 표현을 많이 하는 편이 아닌데 섭섭해하고 있지는 않은지…… 늘 설명이 곤란한 나의 불안정한 심리 상태가 이 시기에 당신에게 혹시 커다란 상처를 남기는 것은 아닐까 매일 조바심이 납니다.

기억하나요? 언젠가 당신과 심하게 다투었던 날, 나는 이런 고백을 한 적이 있어요. "난 신경질을 마음껏 피우고 싶어 문학을 하는 거라고. 사람들 사이의 관계에 대해 그렇게 살 순

없으니 내 문장 안에서는 마음껏 신경질을 피우고 싶다고."
그로부터 며칠 후 당신에게 "그렇다면 당신의 문장들은 당신
의 신경들이겠군요. 그럼 난 그 신경들을 만지고 살래요"라
는 메시지를 받았죠. 그때 나는 손등으로 눈물을 닦았습니다.

　어제는 자다가 일어나 당신 아랫배를 만지는데 유백색의 분
비물이 당신의 팬티라이너까지 흘러 있더군요. 대하를 처음
보았어요. 그리고 또 처음, 병원에 가서 내진의 풍경을 옆에서
지켜보았지요. 내진은 의사가 직접 손가락을 질에 넣어 검사
하며 자궁과 난소의 위치, 크기 등을 살피는 과정이라고 하더
군요. 저는 조금 당황했지만 침착하려고 노력했습니다. 당연
한 일이겠지만 의사가 나를 전혀 의식하지 않아 오히려 고맙
다는 생각마저 들더군요.

　당신, 이제 곧 배가 불러올 텐데…… 의사는 나에게 점점 아
내가 소변을 보는 횟수가 잦아질 것이고 그건 아기가 자라면
서 자궁이 커지고 있으므로 방광을 누르기 때문이라며 아내
의 몸을 따뜻하게 해주려고 노력해야 한다고 당부했지요. 그
말 한마디에 나는 갑자기 죄지은 사람처럼 얼굴이 달아오르
더군요. 아내의 몸을 따뜻하게 해주어야 한다, 라는 말속에는

엄청난 은유가 담겨 있는 듯해요. 그러곤 하루종일 의사의 말을 곰곰 되새겨보았습니다. 방금 자다가 일어난 나는 당신 발이 차지 않도록 양말을 신겨주었습니다.

○ 당신의 체온이 점점 높아져갑니다

　당신의 몸속에 가득 차 있는 양수로 인해 당신의 체온이 점점 높아지고 있다고 합니다. 나는 양수라는 단어가 따뜻해서 참 좋습니다. 그 단어가 가지는 물의 생명력이 참 좋습니다. 양수라는 단어 속에는 아이도 담겨 있고 아내가 담겨 있고 무엇보다 그 안에서 세상을 두리번거렸던 우리의 까만 눈동자도 담겨 있으니까요.

○네가 곧 딸꾹질을 할 거라는데

이제부턴 너를 배아가 아니라 태아라 부른다고 한다. 다행히도 네 몸은 가장 중요한 기관 형성의 첫 단계는 마쳤다고 한다. 두뇌와 간, 신장, 대장, 소장, 폐 등은 자리를 잡아가고 있고 손톱, 발톱, 솜털, 머리카락 등이 미세하게 생겨나고 있다고 한다. 엄마의 자궁은 이제 오렌지만한 크기가 되었단다.

어제는 의사이며 음악극을 하는 형우씨에게 네 몸에 대해 물었단다. 그와 나는 근래에 함께 음악극 작업을 하고 있는 터라 주말마다 만나는데, 그는 예술의 전당에서 뮤직 큐레이터를 하고 있지만 본업이 의사라서 나는 자주 의학적인 질문들을 하곤 한단다. 그는 아주 선량하고 지적이며 무엇보다 예술에 대해 탁월한 심미안을 가진 친구란다. 아빠는 이번에 예술

53

의 전당 콘서트홀에서 계획중인 그의 작업을 돕고 있단다. 탱고 연주자이며 작곡가였던 아스트로 피아졸라의 삶을 음악극 드라마로 구성하려는 그의 작업 가운데 대본 작업에 참여하고 있지. 아마 너도 몇 개월 후면 엄마의 배 속에서 공연을 감상할 수 있을 거야. 게다가 이번 작업엔 아빠가 직접 무대에 설 계획도 포함되어 있으니 공연중 졸음이 오더라도 내 목소리를 놓치지 마렴.

형우씨는 지금 발달중인 네 신체에 대해 상세하게 설명을 해주었단다. 사실 그는 성형외과 의사라서 신체에 대해 해박하단다. 지금 너의 시기에는 손가락, 발가락이 물갈퀴처럼 생겼지만 점점 갈라져서 곧 우리와 같은 손가락, 발가락 모양이 될 거라고 한다. 그러곤 목구멍에서 자라나기 시작한 기관지가 허파로까지 연결되며 확장하는 단계가 진행되고 있을 거라고 하더구나. 영상으로 보는 네 몸은 아직 너무 얇아 몸속 장기와 함께 핏줄이 다 보인다고 한다. 아빠가 오늘 가장 놀란 건 조금 있으면 횡격막이 생겨 네가 딸꾹질도 한다는 사실이었다. 그 상상을 하다가 돌아오는 길에 피식 웃음이 나왔다.

오랜만에 버스를 타고 싶어서 집으로 오는 길에 올라 탔는

자고 있어, 곁이니까

데 버스가 출렁거리자 갑자기 「태아의 딸꾹질」이라는 제목으로 근사한 이야기를 한 편 쓰고 싶다는 생각이 들었단다. 엄마에게 와서 나는 형우씨에게 들은 이야기들을 잔뜩 늘어주었단다. 하지만 네 엄마는 차라리 집 안 곳곳에 청소기를 한 번 돌려주는 내 모습을 기대한다고 했다. 엄마는 산부인과 의사의 얼굴이 너무 못생겨서 아름다운 것만 봐야 하는데 병원에 갈 때마다 조금 섭섭하다고 한다. 천진한 사람 같으니…… 이 말은 네 엄마가 나에게 자주 하는 말이지만 요즘은 네 엄마의 얼굴에서 천진함을 자주 발견한단다. 아마 너를 담고 있어서 아이의 표정이 엄마의 얼굴로 번져나오는 것 같다는 생각이 든다. 그런 것을 그냥 믿어버리고 싶은 저녁이 우리에겐 있단다. 휴일에 집 안에서 진공청소기를 돌리다가 엄마에게 달려가서 아랫배에 귀를 대고 네 딸꾹질을 알아들을 수 있는 시간이 어서 왔으면 좋겠구나.

제 2 부

태담

⋮
중
기

○ 밤마다 나의 침대는 당신에게 이륙합니다

비행기는 이륙할 때와 착륙할 때가 가장 위험하다고 합니다. 인간과 사물의 기원에 대해 오래 말해온 비밀스런 저자 장 그노스는 인간의 불안이 이륙과 착륙시 비행기의 기내에 전달되기 때문이라며 그것을 어느 책에선가 다소 황망한 언급으로 마무리한 적이 있습니다. 그 책을 읽을 무렵 나는 당신을 만났습니다. 그 책을 거의 다 읽어갈 무렵, 나는 당신과 처음 비행기를 타고 우리가 모르는 땅의 어딘가로 건너가고 있었습니다. 당신과 처음 비행기를 타던 날, 내 머릿속에 떠오르던 그 구절을 당신에게 고백하지 못했습니다. 당신이 내 새끼손가락을 꼭 쥐고 있었기 때문이라고 하면 나는 너무 아득해지고, 그때 당신의 눈 속을 건너가는 내 눈동자가 비행기 창문에 언뜻 비쳤기 때문이라고 한다면 나는 너무 아찔한 사람이 될 것 같아서 두려웠기 때문입니다.

당신, 기억하나요? 그때 우리는 위험한 이륙을 함께할 수 있다는 사실만으로 서로의 체온을 나누며 기내에 잠들어 있었습니다. 기내의 담요는 우리의 무릎을 따뜻하게 덮혀주었고, 그 담요 안에서 당신의 손은 내 손등 위에 가만히 머물러 있었지요. 착륙 때까지 당신의 작은 손은 내 손등을 떠나고 싶어하지 않는 작은 비행기였습니다. 처음에 나는 당황한 나머지 내 손등에 슬며시 올라온 그 비행기를 바닥으로 내려놓으려고 했지만 어쩐지 내가 기르는 고양이의 소심한 표정을 당신에게 들킬까봐 가만히 있었습니다.

당신, 우리가 그때 막 구름 속으로 들어가는 중이었음을 알고 있나요? 구름 속에서 우리는 서로의 눈을 동시에 바라보는 사이였고, 구름 속에서 우리는 서로에게 따뜻한 우유를 권하고, 담요를 주문하고, 자신이 가지고 있는 음악의 배열을 나누어주는 사이였지요. 분명 우리에게 존재했던 기억이지만 시간이 흐르면서 이는 진짜 음악이 되어가지 않던가요. 참으로 기이하고 서글픈 사실이 우리 삶의 일부가 아니던가요. 음악은 살아가면서 귀로만 듣는 것이 아니라 자신의 무수한 기억

속에서 자신의 눈을 찾아가는 여행이 아닐는지요. 나는 가끔 잠든 당신의 눈을 바라보다가 이렇게 잠이 든 채로 서로의 눈을 가지고 이 세상을 잠시 이륙하는 일이 사랑일지도 모른다는 생각을 해보았습니다. 나는 여러 번 내 담요를 당신의 목까지 올려주었습니다.

　오래전 당신은 혼자서 홋카이도행 비행기를 타고 이륙을 한 적이 있습니다. 사진을 찍기 위해 떠난 며칠간의 여행이었죠. 당신은 사람들의 발길이 닿지 않는 깊은 곳까지 걸어가 흰 눈이 담긴 사진을 찍어 오고 싶다고 했습니다. 나는 당신이 타고 가는 비행기가 하늘에서 뿌옇게 사라질 때까지 공항을 떠나지 않았습니다. 동그란 비행기 창문 어디 즈음인가 당신이 있을 것이라고 손가락을 뻗어보고 잠시 웃었습니다. 내가 몹시 외로운 날이면 당신이 가만히 잡아주던 그 새끼손가락을 사용했습니다. 언제나 공항은 설레는 공간이지만 아무도 없이 혼자 남은 공항은 참 외로운 공간일 수도 있겠구나 생각했습니다. 공항에 사람이 없는 상상은 해본 적이 없었거든요. 당신, 지금 나는 외로워서 움직이기 시작하는 날아가는 공항이라고 말할게요. 나는 공항이고 당신은 방금 내가 날린 비행기라는 조금은 귀여운 비유로 맴도는 순간의 일인 것입니다. 당신은 곧 그 공항으로 돌아올 것입니다.

그날 밤 당신은 내가 모르는 침대에 착륙하고 나의 밤은 당신을 생각하는 동안의 이륙이었습니다. 당신이 사진기를 들고 여행을 다니며 저녁이면 돌아와 눕는 침대를 상상하면서 며칠이 지나갔습니다. 물론 나는 침대에서 당신의 여행을 상상하는 편이지만 밤마다 나의 침대는 당신이 있는 방향으로 이륙하고 있다는 것을 알아주세요. 그게 우리가 밤에 나누는 꿈의 일부라고 하면 너무나 먼 이야기처럼 들리고, 우리가 낮에 눈을 뜨고 이야기하기엔 너무나 희미해서 글썽거리게 되는 이야기가 되어버립니다. 이야기는 잃어버린 채 자신의 눈만 찾아다니는 동화의 주인공처럼 나는 어떤 시간의 부력을 잃으며 당신을 기다리고 있는 사내가 되어가는 것 같으니까요. 당신은 내가 곁에 없으면 쉽게 잠들지 못하곤 하는데 나는 당신이 곁에 없으면 잠이 무엇인지 모르는 사람의 눈으로 뒤척입니다.

사람은 사랑하는 사람을 잃으면 가장 먼저 상대의 눈을 잃어버린다는 말은 무섭습니다. 하나의 이불 속에서 손을 잡고 잠드는 사람들이 가장 먼저 일어나서 서로의 눈을 확인하는 것처럼 오늘밤 당신은 내 옆에 없습니다. 눈을 뜨면 당신이 옆에 있을 것 같아 멀리서 사내는 매일 아침 중얼거립니다.

　다녀가셨군요, 당신.

○ 당신을 '환자'라고 생각해서 돌보렸어요

당신에게 드디어 임신선이 생기기 시작했더군요. 어젯밤 잠결에 뒤척이는 당신에게 이불을 당겨주다가 문득 옷 밖으로 나온 배를 보고 알았어요. 당신의 맨살 위로 배꼽 아래에서부터 흘러나온 임신선은 어두운 보라색으로 당신의 몸에 흔적을 남기며 흘러가고 있었어요. 나는 어릴 적 막내 동생을 늦게 가진 어머니를 지켜보면서 튼 살 위로 생긴 검은 임신선을 자주 보았지요. 그때 나는 어머니에게 묻곤 했어요. 어머니는 배속의 아가가 탯줄을 발견하고 장난감처럼 꽉 잡고 있기 때문에 엄마 배 위에 나타나는 현상이라고 했어요. "그럼 아기와 엄마는 숨이 막히지 않나요?" "얘야, 아가는 숨이 막히기 전에 탯줄을 놓을 거야."

63

가난한 어머니는 산후조리를 제대로 하지 못해 많은 시간이 지나도록 희미한 임신선을 가지고 계셨죠. 안쓰러움에 나는 자주 두 손가락으로 그 선을 만져보았어요. 나는 그때 한 개의 손가락보다 두 개의 손가락을 그 선에 가만히 대어보는 일이 더한 애정에 더한 다정이라고 믿었어요. 당신이 뒤척일까봐 나는 두 손가락을 잠시 거두었지만.

이제부턴 헐렁한 임신복이 필요할 텐데 마트에 가서 임신복을 고르는 당신은 어떤 마음일까요? 이제 잘록한 허리도 조금씩 사라져가는 것 같은데 몸이 무거워 걷다가 발목에 경련이 일어나지는 않는지, 자궁이 점점 커지면 변비가 생기거나 소변도 점점 더 자주 마려울 텐데 그렇게 좋아하던 밀크티도 이제 많이 마시지 못할 텐데 괜찮을까요?

지난번 검사 때 의사는 잠시 나를 따로 불러 이 시기가 되면 아기에게 공급되는 혈액량이 늘어 질과 음부가 짙은 자주색을 띠고 분비물도 늘 테니 놀라지 말라고 했어요. 관계 때에도 신경을 써야 한다고 했고요. 자궁 속으로 들어간 질의 세균이 분비물이 되어 태아에게 감염되는 것을 막는 거라고요. 아내는 이제 신체 변화에 점점 민감해질 수 있으니 '환자'라고 생각하고 보살펴야 한다고도 했습니다. 나는 고개를 끄덕이며 순하게 반응했지요. 하나같이 맞는 말이니까요. 산부인과 의사 앞에서 저는 늘 순한 사람이에요. 그런데 이제 와서 생각해보니 임신부들은 환자가 아니더군요. 아이를 갖는 것과 병을 갖는 것은 다르니까요. 그래서 임신부들을 '환자'라고 생각하고 돌보라고 했던 거구나 했지요. 당신, 며칠 후면 아이의 기형검사를 하러 가는데 걱정하고 있다는 거 알아요. 하지만 아무 일 없을 거예요. 내가 당신과 아기를 평생 돌볼 거니까요.

○상실감이 너무 큰 단어, 유산

어젠 비슷한 시기에 아이를 가진 친구에게 그 아이가 유산
되었다는 슬픈 소식을 들었어요. 산모의 태반이 불안전하고
몇 주가 지나도록 완성되지 않아서 태아를 안전하게 보호할
수 없을 것 같아 산전검사를 하였는데 어쩔 수 없이 유산이 되
었다고 하더군요. 유산이란 단어는 너무나 상실감이 큰 단어
입니다. 나는 친구에게 수화기 너머로 내 아이의 건강한 상태
에 대해 한마디도 하지 못했어요. 상실에 대해 우리가 나눌 수
있는 공감은 그의 침묵을 돕는 일뿐이라 생각했거든. 술을
잘 못 마시는 친구인데 고통 때문에 자주 술에 기대는지 통화
할 때마다 말이 울렁거리더군요. 아내보다 자신이 더 힘들어
하는 것 같다며, 학원에서 아이들에게 논술을 가르치는 친구
는 상실이라는 단어를 아이들에게 어떻게 설명해야 할지 난

감하다고, 어떤 용어와 논리로도 상실은 설명이 불가능하다고 했어요. 유산을 두번째 경험한 그 친구는 차라리 자신이 아이를 갖고 싶다며 흐느끼더군요. 그래도 그가 아내를 많이 사랑하는 사람이라서 다행입니다. 아마도 그는 아내의 몸으로 들어가 여러 번 아이를 안아주었을 거예요. 밤마다 아이가 사라진 자궁의 그 빈 공간으로 들어가서 웅크린 채 울고 있을 거예요. 아내의 몸을 대신해서 그는 울어주고 싶을 테니까요. 그는 아직도 자신의 아이를 돌보고 있어요.

○ 돌본다는 말

　돌본다는 말에는 애정을 넘어선 어떤 숭고한 책임이 있는 것 같습니다. 생명을 사랑하는 자들은 돌봄이라는 단어를 사랑하지 않을 수 없습니다. 돌봄이라는 단어를 사랑하는 자들은 우리말의 '물둥지'나 '얼'이 뜻하는 단어가 모두 돌봄에서 비롯되었다는 것을 알고 있는 사람일 겁니다. 물을 담는 그릇(물둥지)이 물을 돌보는 형태에서 비롯되었으며 사람의 내면과 정신을 돌보는 기운으로서 '얼'이라는 단어도 형성되었다는 것을 말입니다.

　돌봄이라는 말의 질감에는 호흡과 숨소리와 살냄새가 가득합니다. 당신을 돌볼 때 나에게서 그런 냄새나 소리들이 가득했으면 좋겠습니다. 나의 아기를 돌볼 때 내 몸에서 숲이 하나

68

씩 생기는 기분이 들었으면 좋겠습니다. 숲이 돌보는 월령의 이름으로 세상의 모든 좋은 시들이 속세의 언어 속에서 다시 이름을 얻어 태어나듯이, 돌봄은 대상을 그 순간 다시 태어나게 하는 일이며 돌봄이라는 단어의 유의어는 아직 이름 없는 어느 숲입니다.

○ 저마다 헤엄치는 밤

2011년 3월 13일 일요일 13주차

하루는 당신이 말했습니다. 요즘 난 잠들 때마다 아이가 내 몸의 양수 안에서 헤엄을 치는 것이 느껴져요.

당신은 상상하기 힘들겠지만 요즘 난 잠들 때마다 당신의 몸으로 들어가 헤엄치는 기분이 들어요. 물론 아이를 만나러 가기 위해서라지요.

그러면 그날 밤 내가 쓰는 시는 아이의 몸으로 들어간 헤엄이 되곤 한답니다.

○ 산모의 요실금

2011년 3월 14일 월요일 13주차

잘 지내고 있니? 내 목소리가 들리면 침을 한번 삼켜볼래?
엄마는 요실금이 와서 요즘 조금 힘들단다. 그건 엄마 목소리
가 들릴 때마다 네가 반응을 하며 침을 꿀꺽 삼키는 거래. 그
러곤 양수에 후루룩 뱉어낸대. 요실금은 네가 흘린 침이 흘러
내리는 거라며 엄마는 아빠에게 쑥스러움을 감추곤 한단다.
아이를 가지면 산모들은 상상력이 풍부해지나보다. 그래서
나도 요즘 식욕이 없고 입덧을 한다고 해버렸지.

○ 엄마는 모든 아이들을 사랑으로 돌본단다

　오늘은 발가락을 꼼지락거리는 네 모습을 보고 왔다. 벌써 네가 생긴 지 13주가 되어간다. 그사이 엄마도 체중이 늘기 시작했고 그래서인지 조금 더 예민해졌고, 서로의 날카로운 구석을 턱없이 당연시하는 태도로 인해 자주 다투기도 한단다. 네 체중도 늘어서 5백그램이나 나가더구나. 혈압도 정상이고 움직임도 건강했어. 너는 잠시 고개를 돌려 우리에게 옆모습을 보여주었다. 우린 서로를 바라보며 잠시 미소 지었단다. 화면에 비친 네 옆모습을 보면서 우리가 각각 상상한 건 무엇이었을까? 나는 엄마의 손을 꼭 잡아주었다. 초음파 도플러 심박 검출장치라는 것이 있어서 요즘 나는 2주에 한 번 병원에 오는 일이 설렌단다. 네 심장 소리가 말발굽처럼 선명하게 뛰는 것을 더 잘 들을 수 있거든. 발차기도 하고 노느라 바쁘겠

지만 다음번에 보러갈 때는 얼굴을 정면으로 돌려주렴. 우리
와 눈 마주치는 것 잊지 않았으면 좋겠다.

　의사는 몇 가지 검사를 했는데 특히 다운증후군 예비 검사
를 위해 네 목덜미 둘레를 재는 것이 퍽 인상적이었단다. 그걸
지켜보면서 목덜미와 다운증후군이 무슨 상관관계가 있는지
짐작을 해보았지. 엄마는 다운증후군에 대해서 남보다 조금
더 잘 알아서 다운증후군 아이들의 목이 일반인보다 훨씬 두
껍다는 것을 내게 미리 알려주었거든.

　너는 아직 모르겠지만 엄마는 특수교육을 담당하는 교사란
다. 장애가 있는 아이들을 돌보는 일을 하고 있는 거지. 엄마
의 아이들은 남보다 조금 아프게 태어났거나 남몰래 아픔을
가지고 있다가 조금 늦게 발견되어서 남과는 조금은 다른 삶
을 살아야 한단다. 그래서 엄마 같은 사람들이 그런 아이들을
사랑으로 돌보는 거란다. 엄마는 자신의 학생들이 외로움을
가장 무서워한다고 하더구나. 가끔 엄마가 장애가 있는 자신
의 아이들을 돌보는 것을 보면 나로선 감당하기 힘든 일을 하
는 사람이구나 새삼 놀랍기도 했단다. 아빠에게 그런 일은 어
떤 사명감 없이는 견디기 힘든 일처럼만 보이거든. 그래서 네

엄마는 무언가를 건디는 것에 많은 지혜가 있는 사람이란다. 그 사실에 나는 늘 존경과 고마움을 가지고 살고 있지. 오래전 내가 엄마를 아주 외롭게 하던 시절이 있었는데, 시간이 흘러 엄마는 나에게 그 시간들에 대해서 이렇게 말한 적이 있단다.

"난 아이와 눈 한 번을 마주치기 위해서 하루가 걸릴 때도 있어요."

나는 엄마의 그 말에 그만 눈물이 고여버렸지. 지금껏 엄마가 나에게 한 말 중 가장 서글프고 고마운 말로 기억하고 있단다.

○당신의 낮, 나의 밤

우리는 말없이 나란히 앉아 아침밥을 먹습니다.

안에서 점심으로 당신이 무엇을 먹는지 나는 알지 못하고,

밖에서 저녁으로 내가 무엇을 먹는지 당신은 알지 못합니다.

밤이 되면 당신은 우리들 방에서 아침까지 불을 켠 채 잠들

지 못하고,

나는 아침까지 내 방에서 불을 끈 채 일어나지 않습니다.

아기의 눈동자에 현기증이 생길까봐 두렵습니다.

○ 가끔 우리는 너로 인해 충분히 외롭다

엄마가 요즘 자주 우울해한다. 요즘 엄마는 자신과 나 사이에 네가 있는 것이 아니라, 나와 너 사이에 자신이 있다고 느끼는 것 같다. 그건 일종의 외로움인데 너로 인해 관심을 빼앗긴 것이 섭섭한 것이 아니라, 네가 들어서서 생기는 충만한 감정들을 받아들이면서도 시간이 흐를수록 그 충일한 감정에서 생기는 두려움으로 인해 내게 생기는 동요 같은 것을 알아보는 외로움이 아닐까 싶다. 이 햇빛으로 가득 차 있는 상태를 내 몸에서 자꾸 밀어내려는 내 문학적인 허영을 엄마는 알아본 거지.

아가야, 나는 사랑받는 느낌에 늘 두려움을 가지는 사람이란다. 그건 설명하기 곤란한 내 수치심이기도 하지만, 살아오는 동안 내가 가진 침묵의 많은 질을 차지하기도 했으며 아직도 풀지 못한 내 삶의 다산한 비밀들이기도 해서 늘 이 세상의 언어로는 그것을 표현하기가 부족해 보인다. 나에게 존재하는 상반적이고 대립적인 이 상태를 어떻게 설명해야 할까? 네 엄마는 예감이 풍부한 사람이라는 걸 알고 있다. 모든 것을 지금 이해하기는 곤란하지만 나로선 요즘의 내 정신 상태를 설명하기가 쉽지 않구나.

오류로 범벅인 내 삶에 너라는 질서가 들어와 조금 정돈된 듯했지만 또다시 찾아오는 이 불안감과 황량함은 어디에 근원이 있는 것일까? 배후를 모르는 스산한 결들이 밤마다 나의 문장에 찾아오고 있다. 우리는 너로 인해 충분히 외롭다. 이 서글픈 역능을 아는지 엄마는 밤에 내 옆에서 돌아눕기 시작했다.

○당신의 살이 트고 있다는 걸 알아요

요즘 나의 늦은 귀가에 당신이 우울해하는 걸 알아요. 집에 오자마자 서재로 올라가버리는 내 뒷모습을 바라보는 당신의 쓸쓸한 눈동자를 알아요. 내가 없을 때 입덧을 완화시켜준다는 운동으로 아이처럼 네발로 방을 기어다닌다는 걸 알아요. 입덧에는 오렌지 스무디나 수박, 멜론처럼 즙이 많은 과일이 좋다는 것도 알아요. 그걸 생각하면 일찍 들어가고 집 앞에서 내 손으로 장도 한 번쯤 보고 싶은데, 그래야 하는데 그게 잘 안 된다는 것도, 알아요. 당신이 새로 발령 난 학교에서 적응하기 힘들어한다는 걸, 자궁을 받치고 있는 인대가 점점 늘어나 수업시간에도 요통이 오고 자주 피곤을 느낀다는 걸, 알아요. 당신이 요즘 소변을 보고 나서 잦은 잔뇨감 때문에 힘들다는 거 알아요. 아침에 일어나면 이불을 발로 차고 자는 내 배 위로 이불을 덮어주고 조용히 부엌으로 가서 공복에 찬물을 나누어 마시는 당신의 습관을, 내가 옆에 없으면 잠들기 힘들어하는 것을, 알아요. 당신이 학교를 마치고 혼자서 산책을 할 때면 조금씩 눈에 물이 고인다는 것을 알아요.

블랑쇼는 나 같은 인간유형을 잘 지적했죠. 그가 말한 것처럼 나는 상반되고 대립적인 욕구로 가득 차 있는 사람이에요. 격렬하지만 느리고, 타고난 집요함이 있지만 그만큼 참는 것 또한 불가능하고, 사려 깊은 만큼 거칠고, 아무런 방법도 가지고 있지 않지만 내면의 질서로 가득하고, 기준이 없으면서도 정상을 벗어나는 것을 참지 못하는 위기의 인물. 본성과 천성에 의해 기적처럼 지탱하고 스스로 유배당하는…… 하지만 그가 말하듯 나 같은 유형은 언제나 자기 자신에게 가까이 머물러 있는 것과 함께 반대로 단호한 혐오감을 갖고 자신에게 등을 돌리는 진실도 가지고 있다는 것을, 알아요. 나는 참 힘든 사람이란 걸, 당신의 튼 살이 생기기 시작하는 것을 마음 아파하면서도 튼 살 전용 크림을 사기 위해 약국에 들렀다가 그냥 나와버리는 소심한 사람이라는 것을, 알아요. 요즘 왜 내가 침울한 사람처럼 지내고 있는지를 당신은 모두, 알아요.

○ 난卵

태반이 제 기능을 다할 때까지만 태아에게 영양분을 전달해 주는 난처럼, 나도 당신의 몸에 숨어 살고 있는 듯합니다. 미안해요. 거짓말처럼 당신 안에 살고 있어서······

○ 딸꾹질의 기원

너는 양수를 들이마시고 내뱉으면서 폐의 공기주머니를 발달시키고 있었다. 너는 몸을 잔뜩 웅크리고 하루에도 몇 번씩 딸꾹질을 한다고 들었다. 마치 울음을 멈추려는 듯.

○ 조용한 흐느낌의 나날

요즘 아이는 당신의 목소리를 잘 듣고 있을까요? 당신은 오늘 조퇴를 하고 혼자서 창경궁에 다녀왔다고 했어요. 봄꽃이 환하게 피어 좋다고, 이 향기를 아이가 맡을 수 있다면 좋겠다면서요. 매일 아침 출근길에 버스 창문으로 창경궁을 볼 때마다 유혹을 느꼈다고, 처음으로 나 없이 혼자서 병원에 가서 몇 가지 검사를 받고 걸어서 창경궁까지 갔다고요. 아무렇지 않게 당신은 저녁에 돌아와 나에게 진료 받은 내용에 대해 말해주었어요. 아기 머리 길이도 재었고, 허벅지 길이도 재었고, 의사 선생님께서 다리 사이에 뭐가 보이는지도 봐주었다고요. 아직 성별은 확실하지 않다면서요. 그러면서도 당신은 무언가 확신에 가득 찬 예감으로 나를 보고 미소 지었어요.

나는 당신의 표정에서 그것이 무엇을 말하는지 알았어요. 하지만 묻진 않았죠. 나는 "배가 뭉치지 않도록 자주 쉬고 운동을 많이 하도록 해"라고만 했죠. 그러곤 우리 사이에 어색한 침묵이 시작되었어요. 혼자 사는 누군가의 집에 갔다가 방구석에 세워진 기타를 덜컥 건드려 바닥에 떨어뜨렸을 때처럼, 미안하면서도 돌이킬 수 없는 침묵 같은. 나는 자리에서 일어났어요. "저녁 잘 먹었어. 아까 보니 화장실에 전등이 나갔나봐. 전구를 갈아야겠어." 의자를 세워두고 필라멘트가 나간 전구 알을 빼낸 후 주머니에서 새 전구 알을 소켓에 돌려넣었죠. 스위치를 올리기 위해 어둠 속에서 손을 뻗어 불을 확인할 때 당신이 설거지를 하다 말고 잠시 등뒤에서 멍하게 서 있는 듯한 느낌이 들었어요. 그릇에 물이 씻겨내려가는 소리 속에 담긴 조용한 흐느낌. 전구에 붉은 불이 들어왔어요. 머리를 들어 전등을 올려다보는데 불이 꽉 찬 전구 알이 아니라 붉은 물이 꽉 찬 전구 알 같다는 느낌이 들었어요. 4월인데 누가 집에 홍등을 달아놓았나? 싶은.

○ 어떻게 고백해야 할까요?

요즘 당신과 나는 거의 대화 없이 지내고 있어요. 무슨 일이 있어도 잘 때는 돌아눕지 말자고 했는데 서로 자연스럽게 잠드는 틈을 타서 우린 돌아누워요. 그게 내 눈에 붉은 불이 들어오는 순간이라서 나는 당신에게 한없이 가혹하고 참혹합니다. 집 안에 이런 정전이 계속되면 안 되는데 말이에요.

당신에게 무엇을 고백해야 할까요? 아니, 당신에게 어떻게 고백해야 할까요? 아기를 대할 때마다 금세 기분이 좋아졌다가 금세 우울해지는 이 부조리한 느낌에 대해 내가 어떤 표현을 가질 수 있을까요? 나는 말없이 정거장에 서 있는 기분이에요. "이번엔 버스에 꼭 올라타야지. 이번엔 꼭 타야 하는데, 또 기회가 올 거야." 나는 하루종일 망연하고 두렵고 불안하고 황

홀합니다. 만일 아기가 태내에서 이러한 나의 감정을 느낀다면 얼마나 불안할까요? 아기의 귀에 대고 나는 무엇을 고백해야 할까요? 무엇을 고백하고 싶어하는 걸까요? 지난주엔 내이런 감정 상태가 정말로 심각하게 느껴져서 정신과에 예약까지 했어요. 하지만 끝내 가지 않았죠. 몇 알의 항우울제로 사라질 수 있는 것이었다면 벌써 오래전에 바뀌었을 거예요. 당신과 아기에게 설명하기 곤란한 내 적요가 미안할 뿐이에요.

○ 산책이 너무나 귀하고 고와 보이는 저녁에

작업을 하다가 산책을 하고 싶어 밖으로 나왔단다. 문득 발걸음이 집에서 가까운 창경궁으로 흘렀단다. 슬리퍼를 신은 채 끄적끄적 땅을 그으며 나는 만개한 벚꽃잎을 바라보았다. 오래된 나무들은 저녁이 되면 뿌리 냄새가 제 몸으로 올라오는 것 같더구나. 나무의 가장 맑은 수액 냄새를 알아보는 새들이 이곳에 와서 둥치에 집을 짓고 새끼를 낳아 길렀겠지. 눈이 어두운 벌레들은 알싸한 자신의 체액 냄새를 간직한 채 어린 새들의 둥근 목 안으로 넘어가겠지. 땅에 내려앉은 새들의 젖은 냄새를 맡고 고양이 한 마리가 처마 아래서 웅크리고 앉아 노려보는 걸 본다. 저녁의 꽃그늘이 주는 그윽함은 평온을 느끼게 한다. 아무도 내려앉지 않는 꽃그늘 위에 앉은 가난한 내 문장은 공백을 채우는 기분이 들게도 하는구나.

요즘 엄마는 오후에 자주 이 궁에 들러 너에게 저 환한 봄내음을 맡게 해주고 있다는데, 너를 처음 가졌을 때 봄이 되면 네몸에서도 벚꽃처럼 단정하지만 화사한 냄새가 났으면 좋겠다고 했는데, 아장아장 네 손을 잡고 이곳을 걸을 날을 생각하니대책 없이 어둡던 내 눈이 맑아지는 기분이 든다. 네가 잎사귀라는 단어를 발음할 즈음, 난 이 저녁의 고요한 느낌으로 네 손을 잡고 와 저녁이라는 단어를 보여주고 싶구나. 달이 비치는나무 아래서 세상의 빛으론 발견하지 못하던 너와 나의 닮은부분을 찾아내고 싶구나. 비록 우리 지금 서로 영 알 수 없는어두운 곳에 있지만 네 엄마의 눈으로 지금 네가 깊어지고 있듯이……

사람들이 하나둘 사라진 궁은 밤을 맞이할 준비를 하는 것처럼 차분하고 고즈넉해져간다. 여기저기 닫힌 사립문들, 고요한 돌냄새, 돌연한 어둠, 마루 위 마른 햇볕 냄새…… 산 너머 저녁놀이 천천히 궁들의 처마 위로 떨어지고 있다. 저녁노을은 붉으면서 동시에 푸른 빛깔을 지닐 때가 가장 아름답단다. 저녁 산에 오를 때 몸이 산에 닿으면서 생기는 푸른 땀처럼, 산물에 닿아 초록을 입은 붉은 노을은 연기처럼 지상의 마을로 흘러가는 듯하다.

언젠가 나는 노을이란 점점 희미해지면서 죽은 사람들의 입속으로 스며드는 연기가 되어가는 거라고 어느 문장의 구석을 빌려 말했단다. 저 희미한 빛에 손가락이 닿으면 서늘한 기분으로 집에 돌아가야 할 것 같은데, 눈을 뜨자마자 어떤 숲의 이름이 문득 떠올려지듯 조금씩 자라기 시작하는 네 귀에 둥글게 그려넣어주고 싶은 음역들이 많구나. 너도 언젠가 나와 함께 저런 노을을 볼 날이 오겠지. 그때 나는 너에게 무슨 말을 들려줄 수 있을까? 그때 즈음엔 너에게 고요에 대해 자신 있게 말할 수 있을까? 침묵에 대해, 메아리에 대해, 산그늘에 대해, 목련의 비린 향에 대해 말할 수 있을까? 내 침묵에 대해 네가 도울 수 있는 시간이 우리에게도 마련되어 있을까? 어쩐지 나는 너에게 내내 서툰 아빠가 될 것 같아 두렵기도 하지만 훗날 평온에 대해 우리가 나눌 수 있는 교감이 저녁의 한가운데서 사라지는 것들을 바라보는 고요한 시간이었으면 좋겠구나.

아가야, 언젠가 내가 아는 한 목수 형이 이런 말을 해준 적이 있단다. 해 지는 서쪽 하늘이 왜 아름다운지를 아는 사람은 조금만 사랑하고 조금만 미워한다고…… 그땐 그 말이 무슨 뜻인지 이해할 수 없었는데 지금은 알 것도 같구나. 그게 어떤 느낌인지 궁금해지는 날, 너도 외롭겠지만 네 언어를 가지고

자고 있어, 곁이니까

싶은 날, 서쪽 하늘이 왜 붉은지에 대해 고민해보길 바란다. 중얼거림이 네 삶의 일부처럼 느껴질 때, 삶이 서러워서 눈물이 마르지 않을 때, 네가 가진 마음의 초록이 세상의 풍진에 한기가 들 때, 너는 누군가를 사랑하고 있거나 누군가 너로 인해 숨이 가쁘다는 것에 또한 얼마나 눈물이 나는지에 대하여……

  아까부터 두 손을 꼭 잡은 채 산책을 하다가 문 닫을 때가 되자 돌사자 옆 마루에 우두커니 앉은 노인 둘이 보인다. 그들은 아무 말 없이 서로의 손을 잡고 앉아 있다. 마치 지금 잡은 이 손을 다시는 놓고 싶지 않다는 듯이, 한없이 쓸쓸한 눈빛이지만 형형한 슬픔으로 인해 저들이 앉아 있는 공간은 먹먹하지만 환한 듯도 하구나. 늙은 남자 둘이 손을 잡고 앉아 있다니 아마도 아주 오랫동안 사랑한 사이 같구나. 이 궁 안으로 들어와 저들은 하루 동안 세상의 어떤 시선과 경계에도 피곤함 없이 거닐었을 거야. 이 오백 년 왕궁의 배려 속에서, 다정한 그들의 역사가 속세의 시선에 들키는 일이 내내 없었으면 싶더구나. 꽃그늘이 좋은 시절에 저들의 산책이 너무나 귀하고 고와 보이는 저녁이란다.

○ 이게 내가 아는 연분입니다

나는 이 고요에 대해서 말하려 합니다. 지금 이 고요는 어디서 오는 것인가요? 밤은 깊었는데 잠이 오지 않네요. 봄내음이 좋아서 창문을 살짝 열어두었어요. 화병에 꽃이 바뀌었네요. 물이 마시고 싶어 꽃은 눈을 글썽이는 듯합니다. 오늘은 당신 옆에 이렇게 가만히 누워 오랜만에 당신의 잠든 모습을 바라봅니다. 당신은 돌아누워 자고 있어요. 당신의 등을 가만히 만져봅니다. 당신의 등에 가만히 코를 가져가 대어봅니다. 당신에게서 좋은 살냄새가 납니다. 그 사람이 잠들어 있거나 멍하니 있을 때 가만히 코를 가져가서 들여다보면 맡을 수 있는 게 사랑하는 사람의 살냄새라고 당신은 말해준 적이 있어요. 예전에 어느 여행지에서인가 당신은 내 옆에 기대며 내 살냄새를 기억하고 싶다고 한 적이 있었지요.

나는 청각이 민감하고 당신은 후각이 예민하지요. 나는 작은 소리에도 민감해서 당신은 늘 내가 글을 쓰거나 작업을 할 때 조심스럽게 나를 배려하곤 했어요. 나 역시 당신이 후각에 예민하다는 걸 알아서 집 안의 물건 하나를 살 때에도 냄새나 향을 가장 먼저 확인하는 습관이 생기고 있어요. 비누를 고를 때나 책을 고를 때에도 나는 냄새를 맡는 일이 좋아요. 어떤 경우에는 향이 나지 않는 물건임에도 불구하고 코를 대고 냄새를 맡아보곤 해요. 가령 칫솔이나 두루마리 화장지 같은 것을 살 때, 컵을 살 때 혹은 노트를 살 때, 심지어 운동화를 살 때에도 나는 습관처럼 어떤 향이 나는지 코를 대어봅니다. 그런 내 모습이 우스워 보이기도 할 테지만 그 자체가 어떤 의미를 갖는지를 이해하는 사람이 있어 나는 다정해지는 기분입니다. 당신은 나의 다정한 사람이니까요.

다정함이란 뭘까요? 그건 아마도 사소한 것들도 놓치지 않으려는 섬세함일 거예요. 아끼는 사람의 사랑스런 습관을 자신의 눈빛으로 길들여가는 소박하고 사소한 표정들. 당신의 다정함은 언제나 서운함을 함께 품고 있겠지만 서러워는 말 아주세요. 그건 당신의 잘못이 아니니까요. 집으로 돌아가는 길을 잃지 않기 위해 나는 노력하고 있어요. 가만가만 우는 아기의 등을 달래주듯 우리의 삶을 조금씩 달래보려고 노력하고 있어요. 나는 나 자신에 대한 연민으로 우리의 아기를 사소하게 버려두지는 않을 거예요. 나는 나 자신을 넘어설 수 없겠지만, 아니 나 자신을 끝까지 넘어설 수 없다고 하더라도 만일 내 삶의 구석들을 서러워서 버리지 못하는 것이 연민이라면, 나는 지금 당신과 아기를 충분히 사랑하고 있다는 게 옳을 거예요. 당신에게 나는 이 살냄새를 꼭 기억할게요.

화장실의 에메랄드빛 타일이 하나 떨어져나갔네요. 그동안 당신이 신는 집 안의 슬리퍼도 바뀌었군요. 겨울용에서 봄용으로, 네 켤레에서 두 켤레로, 서울우유에서 매일우유로, 일반 속옷에서 임신용 속옷으로, 작고 탄탄한 배에서 둥글고 하얀 배로, 수첩 표지가 물색에서 갈색으로, 내가 축구 중계를 보면서 자주 먹는 간식이 후레쉬베리에서 카스타드로, 흰 봄꽃이 연둣빛으로 바뀌었네요. 이것들이 갖는 냄새를 나도 공유하고 있어요. 이것들이 피워내는 생활의 냄새가 우리가 살을 비벼대며 잠드는 동안에 벌어지는 일이라는 걸, 나는 우리가 함께 냄새를 만들어내는 일에 이제 게으르지 않을 거예요.

사는 건 글썽거리는 일 같아요. 많이 서러운가요? 혹시 이 문장 기억하나요? "내가 춤을 추면 달은 내 문장으로 들어온 답니다. 당신이 춤을 추면 내 문장은 달 속에서 일식을 하고 월식을 하면서 당신의 몸으로 천천히 들어갑니다. 그게 내가 아는 연분입니다." 서러워 말아요. 당신을 서성거리기에도 나의 이 생이 모자라니까요.

나는 당신이 우유를 고를 때 유통기한을 살펴본 후 코를 살짝 갖다대는 모습을 너무 사랑해요. 그건 내가 아껴가며 떠올리는 당신의 모습 중 하나예요. 그래요. 당신 말처럼 부부란 서로의 살냄새에 익숙해지고 그걸 기억하는 습관을 함께 지니는 관계잖아요. 언젠가 내가 돌아누워 잠들지 못하고 있을 때 당신이 가만히 내 등에 대고 "난 네 숨소리에서 네 살냄새를 맡을 수 있을 것 같아"라고 말해주었을 때, 나는 지금 내 문학이 사소해 보여 조금 서럽지만 그래도 모자라지 않게 당신을 사랑할 거라고 다짐했어요. 그때 내가 돌아누워 입술을 깨물고 하던 다짐을 고백할게요. 돌려드릴게요. 당신을 안아 가만히 내 쪽으로……

○ 우리들은 포옹을 멈출 수 없는 인간입니다

내게 조금 외로운 포옹이 있다면 당신이 잠들고 난 후 등 뒤로 내 손을 넣어 조심히 머리를 받친 후 다시 내 베개 쪽으로 당신을 돌려눕히는 일이라는 생각이 듭니다.

언젠가 아버지는 말씀하셨습니다. "삼십여 년이 넘게 나는 네 어머니를 그렇게 내 쪽으로 돌아눕히곤 했단다. 자랑할 건 못 되지만 그게 네 엄마 몰래 내가 할 수 있는 참 근사한 일이었던 것 같다"라고.

그러고도 안 된다면……

당신의 돌아누운 등을 가만히 안고 자는 일이 내가 행할 수 있는 유일한 사랑이듯, 다소 외롭더라도 지속해야 할 포옹이 여기 있습니다. 나는 포옹을 멈출 수 없는 인간이기 때문입니다.

○ 제자리를 찾는다는 것

    탯줄 속에 돌기처럼 부푼 형태로 있던 장기들이 네 복강으로 들어가 자리를 찾기 시작했다고 들은 날이다.

○ 엄마의 환한 외로움

창밖엔 벚꽃이 환하게 피어 있지만 엄마의 눈동자에 물이 가득 차 있는 밤이 여러 날이란다. 이다음에 환한 외로움 때문에 네 눈에도 연둣빛 물이 가득 오를 날이 있을 거야. 아마도 넌 그때 지금 네 눈동자로 내려가고 있는 엄마를 다시 한번 떠올리게 되겠지.

자고 있어, 곁이니까

○ 네게도 여행이

넌 눈을 감고 있지만 네 눈동자는 항상 움직이고 있는 거라지.

엄마의 눈동자를 따라 오늘은 어디까지 다녀온 거니?

○네 몸의 솜털, 배내털

네 몸에 솜털이 생겼다. 그걸 배내털이라고 부른다지.

너무 아름다운 말이라고 생각해. 배 안에 있을 때 몸에 생기는 솜털, 배내털...... 네 얼굴과 몸을 보호하기 위해 생겨나 널 덮고 있을 그 털들.

하루종일 배내털이라는 단어의 이물감을 즐기고 있단다. 입 안에 자꾸 침이 고이는구나. 그 털이 엄마를 가렵게 만들지는 않겠지...... 내 책상 위로 달빛이 연고처럼 흘러 있는데 이런 달빛에도 털이 나 있다면 어떨까?

배 속에 있을 때 아기 달은 배내달이라고 부르면 좋겠다. 그

런 달이 자기 몸의 해수를 뱉어낼 때 엄마는 내 옆에서 둥근 숨
을 쉬게 되겠지.

내 마음이 너에게 붐비는구나.

○ 네가 사내아이일 거란 예감이 들었다

어젯밤엔 이런 꿈을 꾸었다. 난 휠체어를 타고 물속 한가운데 떠 있었다. 바다 한가운데였다. 나는 아래로 아래로 가라앉고 있었는데, 묶여 있지 않았는데도 휠체어로부터 벗어날 수 없었다. 벌떡 일어나 수영이라도 하면 되련만 내 다리는 언제부터 마비가 되었는지 전혀 말을 듣지 않았다. 머리를 들어 위를 올려다보았지만 멀리서 태양의 흔적인 희미한 물빛만 어른거릴 뿐 점점 그 빛으로부터 멀어지는 기분이 들었다. 이곳이 어느 대양의 한가운데인지, 내가 왜 지금 여기 물속 한가운데 떠 있는지 전혀 짐작이 가질 않았다. 나는 이번엔 두 손으로 휠체어 바퀴를 굴려 아래로 내려가보았다. 거대한 선박처럼 보이는 아주 커다란 배 한 척이 심해에 가라앉아 있었다. 얼마나 오래전부터 이 심해에 박혀 있었는지 선체는 심하게 부

식되고 이끼들로 둘러싸여 있었다.

나는 갑판에 내려앉았다. 휠체어 바퀴를 굴려 선실의 내부로 가보고 싶었다. 철문이 굳게 닫혀 있었다. 나는 선미 쪽으로 돌아가볼 생각이었다. 동그란 선실 창이 보였다. 바퀴를 멈추고 그곳을 들여다보았다. 수십 마리 원숭이들이 엄청나게 커다란 바나나를 손에 쥔 채 먹고 있었다. 원숭이의 눈동자는 하늘색이었다. 바나나의 크기는 거의 제 몸만큼이나 커 보였다. 나는 그 모습이 너무나 우스꽝스러워서 하마터면 웃음이 나올 뻔했다. 얼마나 오래전부터 그들은 이 심해의 밑바닥에서 바나나를 먹고 있었던 것일까?

얼마쯤 지났을까? 나는 원숭이들이 모여 있는 빈 구석에 휠체어들이 부서진 채 잔뜩 쌓여 있는 것을 보았다. 그 순간 공포감이 밀려왔다. 저들에게 내 존재를 들키면 큰일나겠구나. 나는 고개를 숙이고 소리나지 않게 휠체어 바퀴를 굴리기 시작했다. 선미 쪽으로 달아날 생각이었다. 그때 원숭이 하나가 나를 발견하곤 버럭 날아와 창문에 달라붙었다. 나머지 원숭이들도 내 존재를 눈치챈 듯했다. 원숭이들은 웃겨서인지 놀라서인지 낄낄대는 괴상한 울음소리를 내며 재빠르게 움직이기 시작했다. 나는 잡혀선 안 된다고 생각하며 속도를 내기 시작했으나 순간 바퀴가 미끄러지고 말았다. 바닥의 바나나 껍질에 휠체어가 걸려들었던 것이다. 휠체어는 바닥에 나뒹굴었고 내 몸은 그대로 갑판에 쏟아졌다. 나는 움직이지 않는 내 하반신을 끌어당겼다. 기어서라도 움직여야 했다. 그제야 나는 바닥 위 깨진 유리조각을 통해 내 얼굴을 볼 수 있었다. 내 얼굴엔 털이 북슬북슬했다.

나는 그들과 함께 바나나를 먹으며 살고 싶지 않았다. 원숭이들이 다가와 내 성기를 만지며 낄낄거렸다. 이들은 나를 놀리는 걸까, 아니면 나를 위협하는 것일까. 나는 무섭기도 했으나 왠지 자꾸 웃음이 나오기도 했다. 어디선가 심장 소리가 들려왔다. 그때까지 깔깔거리고 나를 위협하던 원숭이들이 하나둘씩 그대로 쓰러져 잠들기 시작했다. 나는 묘한 안도감에 한숨을 몰아쉬었다. 곧 졸음이 쏟아졌다. 기어서 휠체어까지 가 앉아야 하는데…… 거기 다시 앉기만 한다면 정말 편안한 잠을 잘 수 있을 거란 생각에 나는 조금씩 그쪽으로 기어갔다.

눈을 떴다. 새벽이었다. 내 손이 엄마의 배 위에 가지런히 놓여 있었다. 엄마의 숨이 손바닥에서 규칙적으로 호흡을 내

자고 있어, 곁이니까

뱉었다. 이불을 걷어찬 엄마의 다리 한 쪽이 내 가슴 위에 걸
쳐져 있었다. 답답해진 나는 다리를 조심히 내려주었다. 거실
로 나와 찬물을 마시는데 왠지 네가 사내아이일 것 같은 예감
이 들었다.

○아무렴

네가 만일 사내아이라면 누군가에게 위로받고 싶을 때 넌 어떻게 할까?

네가 만일 딸아이라면 누군가로 인해 엉망진창이 되어버린 날 어떻게 봐줄까?

네가 만일 사내아이라면 어떤 방법으로 세상이 건네는 수치심을 극복하려 할까?

네가 만일 딸아이라면 어떻게 세상이 주는 모욕으로부터 웃을 수 있을까?

네가 만일 사내아이라면 사랑을 잃고 난 뒤 한 여자의 손을 다시 잡는 방법에 대해 어떻게 말해줄 수 있을까?

네가 만일 딸아이라면 사랑을 잃고 난 뒤 한 사내의 손바닥
에 다시금 어떤 글씨부터 써나갈 수 있을까?

네가 만일 사내아이라면 견고한 이 세상이 옥죄어올 때마다
어떻게 소리칠까?
네가 만일 딸아이라면 먼 여행을 다녀온 후 어떤 힘으로 다
시금 이 세상살이를 시작할까?

있지,
있잖니,

네가 만일 사내아이라면 내 발등에 네 발을 올려놓고 길고
긴 아름다운 여행에 대해 평생 얘기해줄 참이야.
네가 만일 딸아이라면 처음 네 몸을 씻겨줄 때 가장 부드럽
게 거품을 내던 비누처럼 평생 너에게만은 언제나 미끄러질
참이야.

○ 태아의 심음

베토벤은 귀가 멀고 난 후 울림이란 먼 곳에서 들려올수록 음악에 더 가까워진다는 사실에 공감했다고 한다. 그는 손가락으로 건반을 두드리며 건반 안에 잠겨 있는 태아의 심음들을 느꼈다고 했다. 몇 개월씩 그는 방에 혼자 틀어박혀 자신의 아이를 상상하며 피아노 건반에 엎드린 채 귀를 기울였다고 했다. 겨울이 시작되자 그의 눈은 열에 가득 찼으며 자주 창문이 열렸다. 피아노 위에도 흰 눈이 쌓여갔다. 마침내 양수로 가득 차 있던 음들이 첫울음처럼 쏟아지곤 했다. 그는 가만히 눈을 떴다. 아내의 배에서 무언가 꿈틀거리기 시작했다.

○태동을 느꼈어요, 처음

당신의 이야기를 아기는 얼마나 알아듣고 있을까요? 당신은 하루에도 몇 번씩 엄지손가락을 빨면서 당신이 속삭이는 이야기를 듣고 있을 아기 모습을 상상하겠죠. 당신이 좋아하는 마카롱을 사기 위해 오늘도 카페 꼼마에 들렀어요. 그 카페는 마카롱을 빼면 솔직히 사람이 너무 많아 책을 읽기엔 조금 부산한 느낌이 들어요. 그래도 당신의 책도 한 권 책장에 놓여 있고 나의 책도 놓여 있고 가끔 친절한 주인 으뜸군과 나누는 이야기도 즐거운 곳이라 자주 갑니다. 하지만 나는 무엇보다 당신이 좋아하는 마카롱을 사기 위해 그 카페에 들를 때가 좋아요. 분홍색 마카롱, 민트색 마카롱, 카키색 마카롱. 한 봉지에 넣어 집으로 돌아오는 길은 발걸음이 명랑해지는 기분이에요. 요즘 나는 낮 동안 카페에 앉아 책을 보고 원고를 쓰다가 저녁이 되

면 가방을 챙겨 자전거를 타고 마카롱을 사러가는 사내라서
행복합니다.

당신과 카페에 나란히 앉아 커피를 마시고 케이크를 먹으며
이야기해본 것도 꽤 오래되었네요. 수년간 우리는 정말 많은
여행지를 함께 돌아다녔는데 기억하는 공간이 거의 카페일 정
도로 우리는 자주 커피를 마신 사이잖아요. 카페는 서로 가지
런히 앉아 이야기하기 좋은 공간이에요. 주문을 하고 의자를
당겨 잠시 햇살에 비치는 서로의 눈동자를 마주보기에도 좋
은 곳이에요. 그럴 때 그 공간에 생기는 섬세한 온도는 서로의
체온 속 어디로 들어가는 것일까요?

베트남의 어느 카페에 앉아 당신과 나는 머리를 도리도리 흔
들며 장난을 치기도 했고, 로마의 한 카페에 앉아 엽서를 쓰면
서는 가끔 서로의 글씨체 속으로 흘러가고 있을 지금 이 순간
을 기대해보기도 했죠. 베를린의 어느 카페에선 오렌지 주스를
나누어 마시며 벼룩시장에서 구입한 오래된 동독의 앨범들을
넘겨가며 먼 훗날 우리의 가족사진첩에 대해 상냥한 이야기들
을 엮어가기도 했어요. 시실리의 아침엔 호텔 앞 카페에 앉아
당신이 좋아하는 뜨거운 김이 나는 갓 구운 아침의 크루아상을

자고 있어, 곁이니까

먹으며 오후의 계획을 세우기도 했죠. 메콩강이 내려다보이는 라오스의 한 카페에 앉아서는 당신이 이어폰으로 음악을 들으며 잠시 눈을 감고 먼 곳을 상상하도록 다음 약속을 늦추기도 했고, 고향의 좋지 못한 소식을 전해 들은 내가 우울해서 테이블에 엎드려 다 쓴 건전지를 가지고 놀도록 당신은 자리를 피해주기도 했어요.

이 모든 걸 다 기억하나요? 나는 기억이란 늘 미처 도착하지 못할 때 그것을 예감한다는 느낌이 들어요. 그런 점에서 본다면 기억은 사실을 떠올리기보다는 그 느낌을 다시 예감하는 방식으로 우리의 삶에 길들여지고 있다는 생각을요. 당신, 우리들이 머물렀던 공간이 아득해지면 그 아늑했던 시간을 예감해보세요. 내가 문득 "이 삶에서 내 시들은 전부 고아야" 같은 생각으로 외로워질 때마다 뜨거운 차를 두 손으로 받치고 후 불어가며 마시는 당신의 표정을 떠올리며 아무렇지 않게 다시 천진하고 명랑하게 삶을 이어가듯 시간은 공간이 가장 상냥하게 초대할 수 있는 마중이니까요. 숨쉬기를 하듯이 예감을 숨 쉬는 법에도 익숙해지면 그 삶은 침묵으로 단단해지고 고요는 말하지 않아도 되는 형용사가 되어간답니다. 논리와 이해로만 멈추어서 있는 이 사회 속에서, 소화가 늘 불량인 우리의 일상이 예감을 소중히 여기는 삶으로 바뀌어가면 분명 우리의 숨은 좀더 깨끗해질 거예요. 내게 시쓰기란 그런 예감들이 숨막혀하지 않도록 고백을 들어주는 일입니다. 물론 식후에는 늘 힘들지만요.

당신, 양수의 양이 점점 늘어나고 있을 텐데 힘들진 않나요? 아이가 딸꾹질을 자주 할 텐데 숨쉬기는 벅차지 않나요? 당신의 가슴에 생긴 유선을 보면서 당신이 서서히 아기를 위한 초유를 준비한다는 것을 알았어요. 당신의 가슴에 생긴 유선들은 꼭 우주에서 내려다본 낯선 행성의 표면에 뻗어 있는 물줄기들 같아요. 그 유선들은 아이의 몸으로 흘러가는 붉은 물줄기들일 거예요. 그래서인지 가끔 당신의 뭉친 가슴을 주물러줄 때 문득 거기 내려앉고 싶을 때가 있어요. 거기 내려앉는 내 입술은 항상 조심스럽게 머무르곤 해요. 초유가 생기는 당신의 가슴은 지금 연분홍입니다. 그 가슴에 대해 당신이 모르는 어젯밤의 일을 밝히고 싶지만 참을게요.(유선이 발달해 유두를 누르면 말간 초유가 나오기 시작한다는 것을 확인하고 싶었어요.) 당신의 가슴에 내려앉을 때마다 나는 생각해요. 내 우주에 처음 도착한 입술에 대해 쓰고 싶다고요.

당신, 살 트임이 점점 더 심해지는 것 같은데 따뜻한 물에 몸을 자주 담그고 있나요? 다음에 이사를 할 때엔 꼭 작더라도 욕조가 있는 집을 얻으려고 해요. 아기의 성별을 알고 나서부터 당신은 부쩍 더 아기와 구체적인 대화를 하는 것 같은데 설마 벌써부터 내 흉을 보기 시작하는 것은 아니겠지요? 당신과 아기의 대화를 나는 자주 듣지 못하지만 당신의 감정이 이제 모두 배 속으로 전해진다고 하니 나도 남달리 조심하게 돼요. 당신이 전화를 걸어 "드디어 태동을 느끼기 시작했어"라고 말하던 날, 나는 온몸이 피가 도는 심장처럼 뜨거웠어요. 그리고 지금은 내 손에 느껴지는 아기의 숨소리를 내 문장으로 조심히 안아 들고 가고 싶은 밤이에요. 태동을 느꼈어요, 방금.

○ 엄마와 나는 속삭이는 사이란다

요즘 들어 부쩍 네가 많이 움직이더구나. 엄마는 점점 무거워지는 몸을 힘겨워하는구나. 요통도 심해지고 아무때나 잠이 쏟아진다고 하는구나.

네 귀는 어떻게 생겼을까? 지금쯤이면 밖에서 나는 소리를 모두 들을 수 있다는데, 엄마의 목소리를 들으면 심장박동이 느려지면서 엄마의 목소리와 다른 목소리를 구별하기 시작한다는데, 네가 듣고 있는 엄마의 목소리는 어떤 느낌일까? 지금쯤이면 네 몸으로 흘러들어오는 엄마의 핏소리며 물소리를 모두 구별할 수 있을 거야. 네가 살아 있음을 우리에게 끊임없이 태동으로 알리는 것처럼, 우리가 나누는 대화를 들으며 네가 살아 있음을 느꼈으면 좋겠다.

비밀 하나 알려줄까?

있지 아가야, 엄마와 나는 속삭이는 사이란다.

○ 조금만 참아주세요

아가야, 옆집에 이사 온 사람들이 개 두 마리를 데려오는 바람에 요즘 많이 시끄럽지? 태아는 밖에서 시끄러운 소리가 들리면 호흡을 잠시 멈추고 외부환경에 경계하는 반응을 보인다고 하는데 아기 고양이의 모습처럼 귀를 쫑긋!거리는 네 모습을 상상하게도 되는구나. 네 엄마도 개가 짖는 소리에 퍽 예민해져서 며칠 전 나는 참다못해 그 집의 대문을 두드리고 말았단다.

"부부가 살고 있어요. 그리고 아이가 생겼어요. 당신들이 사랑하는 개들 때문에 우리 아이가 잠들지 못하고 있어요. 배려 부탁드립니다."

그 부부는 교사이면서 독실한 기독교 신자들 같더구나. 저녁이면 어김없이 개와 함께 산책을 나가고(동네 어딘가에 똥을 누이고 돌아오겠지), 주말에 예배를 드리러 갈 때도 입을 맞추며 "주님께 다녀올게"라고 말을 하더구나. 원고를 마감하면서 저런 소리까지 들어야 하는 이 집의 건축구조가 불만이었지만 며칠이 지나도록 별 진전이 없어 나는 결국 우리집 옥상으로 올라가 그 집 마당의 개집과 개들 사진을 찍어 근처 경찰서 지구대로 가서 신고를 했단다. 내 상식으론 넓은 저 마당을 다 차지할 정도로 커다란 개집에 사는 진돗개와 무서운 외국 개들이라면 미리 신고를 해야 하는 걸로 알고 있거든. 물론 그 집주인들은 녀석들이 아직 강아지에 불과하다 말했지만 그건 그들의 몰상식한 믿음만큼 내겐 타인에 대한 배려가 없는 것으로 보이더구나. 주말이면 신도들이 몰려와 어찌나 크게 박수를 치고 노래를 부르고 서로 기복을 빌어대던지. 그러곤 돌아가면서 모두들 그 개의 등을 만지며 "이 녀석 큰 놈 되어라"라고 말해주더구나. 처음 집으로 들어올 때는 옆에 다가가기도 무서워하던 사람들이 말이야. 경찰서에 민원신고를 하자 다음날 오전 그 집 주인이 나를 찾아왔단다. 그날은 집에서 나 혼자 원고 마감을 하고 있었거든. 난 벨소리를 듣고도 한참 망설이다가 문을 열어주었지.

"미안합니다. 개소리 때문에 벨소리를 못 들었어요. 웬일이
세요? 개 밥 주느라 정신없을 텐데."

"바깥양반이 아침에 집에 계실 줄은 몰랐네요. 아이고, 이거
미안합니다. 하지만 우리 애들이 엄청 똘똘해서 금방 적응하
면 소리도 잘 안 내고 옆집 사람들도 알아보고 그 집 냄새를 기
억하고 그래요. 이제 조용해질 테니 조금만 참아주세요."

"제 아이가 당신네 개 새끼들 때문에 문제가 생기지 않도록
기도를 하는 편이 빠를까요, 당신네 개에게 인격을 가지라고
빌어보는 편이 빠를까요? 기도하는 거 좋아하시니까 좀 알려
주시죠. 제가 뭘 하는지 아신다면 당신들은 좀 후회할 텐데요,
허허."

나는 조금 어이가 없어 신비주의로 으름장을 놓았지. 그러
곤 덧붙였어. "참 전 바깥양반이 아니라 안양반입니다. 이 안
에 살아요. 이 안에 사는 서생이오."

쾅, 문을 닫아버렸단다. 그날 밤 나는 후배들 몇을 불러 옥
상에 올라가 새총으로 그 집 개의 머리며 몸통에 돌멩이를 엄
청 날려주었단다. 밤새 나는 오랜만에 낄낄거리면서, 밤새 개
들은 오랜만에 낑낑거리면서, 주님을 찾도록 말이야. 결국 그
들은 자신들이 사랑하는 개들을 현관문 안으로 들여서 살고

자고 있어, 곁이니까

있단다. 아가야, 애정이 있다면 현관문 안으로 들여와야 더 깊
어지는 거야. 어때? 아가야, 이제 좀 조용하지? 쉴 만하지?

○ 음악이 태교에 어떤 영향을 미칠까?

아가야, 네 귀가 처음 생기는 날, 나는 속귀에 해당하는 '내이'라는 단어를 내가 진행하고 있는 책 작업으로 데려왔단다. 너는 이제 '내이'를 가졌으니 귀가 얇고 철없는 아빠보단 더 성숙해지길 바란다.

집안에 다시 평온이 찾아오자 엄마는 요즘 좋은 음악들을 많이 듣고 있단다. 형우씨가 직접 네 태교를 위해 좋은 음원들을 시디에 구워서 엄마에게 선물했거든. 좋은 음악을 많이 들을수록 네 심장의 성숙도를 높여준대. 태아일 때 심장이 좋은 음악에 의해서 성숙해지는 과정은 과학적이면서 인체의 신비에 해당하는 물리적인 사실이지만, 문득 여러 가지 생각이 스쳤단다. 음악과 심장의 성숙도라는 관계는 성인이 되어서도 지속되고 있는 것일까? 심장은 음악을 들으면서 어떤 식으로 성숙하는 걸까? 그렇다면 가령, 우리는 성인이 된 뒤 제 아무리 음악을 들어도 더이상 심장은 성숙하지 못하는 것일까? 그렇다면 역으로 좋은 음악을 반복해서 다시 들으면 태아의 심장으로 돌아갈 수 있다는 얘기일까? 아직 덜 성숙한 심장일 때, 우리의 심장은 가장 음악에 가까운 반응을 보이는 것은 아닐까?

아름답고 가슴을 먹먹하게 만드는 음악을 들을 때마다 내가 아직 태내에 있을 때 언어가 없었던 시절의 감정은 이런 것이었겠구나, 내 심장을 만져보며 짐작하곤 한단다. 산모들이 태교를 통해 음악과 심장의 성숙도 관계를 이해하고 받아들이는 것은 아마도 그 둘의 관계가 너무 귀하고 아름다운 질서라는 것을 본능적으로 느끼기 때문일 거야. 자신의 몸 안에서 작은 귀 두 쪽이 물거품처럼 보스락거리는 소리를 산모들은 매일 듣고 있을 테니까. 그건 산모가 아이를 갖게 되면서부터 자신의 심장이 성숙해지는 일이기도 하듯이……

○ 그랬으면 좋겠습니다

내 아기가 바람 소리를 좋아하면 좋겠습니다. 내 아기가 파도 소리를 아주 멀리서도 들을 수 있으면 좋겠습니다. 내 아기가 처음 듣는 풀벌레 소리를 잊지 않으면 좋겠습니다. 내 아기가 멀리서 들려오는 내 발걸음 소리를 알아채면 좋겠습니다. 내 아기가 날아오르고 싶을 때 심장에서 새소리가 나면 좋겠습니다. 내 아기가 가야금 연주 소리에 눈을 감으면 좋겠습니다. 내 아기가 피아노 소리에 눈을 뜨면 좋겠습니다. 내 아기가 내가 사라졌을 때 내 휘파람 소리를 기억하고 그 소리를 따라 내가 있는 곳까지 걸어와주면 좋겠습니다.

내 아기가 외로울 때 물 위로 배가 흘러가는 소리를 들으러 가면 좋겠습니다. 내 아기가 사랑을 시작할 때 구름이 변해가는 소리에 귀를 기울이면 좋겠습니다. 내 아기가 비행기가 지나가는 소리에 설레면 좋겠습니다. 내 아기가 새 이불에서 나는 바스락거리는 소리를 가지려 하면 좋겠습니다. 내 아기가 이불을 사러갈 때 사랑하는 사람의 손을 꼭 잡은 채라면 좋겠습니다.

내 아기가 간이역에서 배낭을 내려놓는 소리를 좋아하면 좋겠습니다. 내 아이가 어둠 속에 있을 때 어머니의 머리카락 냄새를 떠올리면 좋겠습니다. 내 아이가 비 오는 소리가 좋아서 지각을 하면 좋겠습니다. 내 아이가 눈을 주워먹으며 하늘 냄새를 맡으면 좋겠습니다. 내 아이가 기차를 탈 때 낯선 옆 사람이 졸며 어깨에 기댈 때 그 사람의 숨소리를 가만히 받아주면 좋겠습니다. 내 아이가 희미해도, 가만히 사랑하면 좋겠습니다.

내 아기가 등대에 불이 들어오는 소리를 감지하면 좋겠습니다. 내 아기가 종소리를 입안에 머금고 살면 좋겠습니다. 내 아기가 시곗바늘 소리에 불안해하지 않으면 좋겠습니다. 내 아기가 고요한 침묵 속에서 가장 평온한 소리로 서성거리면 좋겠습니다. 내 아이가 배가 고플 때 눈물이 나는 소리를 듣지 않으면 좋겠습니다. 내 아이가 삶이 서러울 때 누군가의 등을 꼭 안고 있으면 좋겠습니다. 내 아이가 길을 잃었을 때 엄마의 목소리를 가장 먼저 떠올리면 좋겠습니다.

아가야, 나는 엄마에게 이런 이야기들을 직접 해주지 못한 다. 이런 내 마음이 내가 너에게 들려주고 싶은 음악이라고 말하는 순간 이 모든 말들이 사라져버릴 것만 같은 이 불안감 은 대체 뭘까.

자고 있어, 곁이니까

○아기집이라는 시詩

"언제나 시작되기만 하는 것의 확실함이면서 언제나 반복되기만 하는 것의 불확실함."

블랑쇼는 모든 것에서 물러나 자연으로 돌아가 고백을 통한 글쓰기를 시작했던 루소의 모습을 이렇게 정의한 바 있다.

그렇다. 내 언어는 아기집으로 돌아가야 한다.

○나만의 태교 음악

당신은 슈만의 〈트로이메라이〉를 듣고 있습니다. 아기는 자기 심장이 뛰는 소리에 깜짝 놀라고 있어요.

당신은 바흐의 〈G선상의 아리아〉를 듣고 있습니다. 아기는 배꼽을 만지며 졸고 있어요.

당신은 파헬벨의 〈캐논〉을 듣고 있습니다. 아기는 멜로디를 따라 중얼거리고 있어요.

당신은 베토벤의 〈엘리제를 위하여〉를 듣고 있습니다. 아기는 자기의 볼록한 배를 보며 안심하고 있어요.

당신은 그리그의 〈아침의 기분〉을 듣고 있습니다. 아기는 배가 고파 꼬르륵 아랫배를 바라보고 있어요.

당신은 쇼팽의 〈야상곡〉을 듣고 있습니다. 아기는 손가락을 빨면서 밤이란 뭘까? 생각하고 있어요.

당신은 슈베르트의 〈아베마리아〉를 듣고 있습니다. 아기는 숲속의 바람 소리를 상상하고 있어요.

당신은 비제의 〈미뉴에트〉를 듣고 있습니다. 아기는 새소리를 따라 지저귐에 고개를 갸우뚱해요.

당신은 에릭 사티의 〈짐노페디〉를 듣고 있습니다. 아기는 바닷속에 사는 물고기를 떠올려요. 손을 뻗어 자신의 상상을 잡으려 해요.

당신은 영화 〈왕의 왕〉 중 〈라라루〉를 듣고 있습니다. 아기는 자궁벽에 붙어 귀를 바짝 갖다댑니다.

당신은 아일랜드의 민요를 듣고 있습니다. 아기는 아무도 모르는 곳을 여행중입니다.

당신은 〈잠자는 숲속의 미녀〉 중에서 '언젠가 꿈속에서'를 듣고 있습니다. 아기는 어젯밤 엄마의 꿈을 해몽하고 있어요.

당신은 차이콥스키의 〈사계〉 중 '6월'을 듣고 있습니다. 아기는 자기 몸의 땀샘을 물끄러미 내려다봅니다.

당신은 바흐의 〈아리오소〉를 듣고 있습니다. 아기는 겨울을 생각하고 부르르 몸을 떨면서 추워합니다.

당신은 슈만의 〈행복한 농부〉를 듣고 있습니다. 아기는 혀를 꺼내고 엄마가 준 붉은 살코기, 생선, 콩, 시금치의 냄새와 맛을 떠올립니다.

당신은 그리그의 〈페르귄트 모음곡〉을 듣고 있습니다. 아기는 펭귄처럼 거꾸로 매달려 두 발로 뒤뚱거려봅니다.

당신은 멘델스존의 〈봄노래〉를 듣고 있습니다. 아기는 엉덩이를 흔들며 설렙니다.

당신은 슈베르트의 〈세레나데〉를 듣고 있습니다. 아기는 엄마가 들려주다가 만 이야기의 뒷부분을 상상합니다.

당신은 엘가의 〈사랑의 인사〉를 듣고 있습니다. 아기는 뜨거워진 자신의 귀를 만져봅니다.

당신은 드보르자크의 〈멜로디〉를 듣고 있습니다. 아기는 자신의 손에 있던 물갈퀴가 어디 갔지? 궁금해합니다.

당신은 하이든의 〈세레나데〉 '작품 3번'을 듣고 있습니다. 아기는 임신중에 엄마가 붉은 불을 보면 몸에 붉은 멍이 있는 아기가 태어난다는 미신을 들었던 것이 생각나 놀랍니다. 엄마가 불을 보지 않았으면 좋겠어, 라고 꾸물거려줍니다.

당신은 모차르트의 〈플루트 협주곡 제1번 G장조 K.313〉을 듣고 있습니다. 아기는 연주회에 연미복을 입고 앉아 있습니다.

당신은 그리그의 〈페르귄트 모음곡〉 중 '솔베이그의 노래'를 듣고 있습니다. 아기는 배를 만지며 점심식사를 기다립니다.

당신은 슈베르트의 변주곡 테마 〈숭어〉를 듣고 있습니다. 아기는 강물 냄새를 상상합니다.

당신은 리스트의 〈사랑의 꿈〉을 듣고 있습니다. 아기는 자기 심장을 가만히 만져봅니다.

당신은 모차르트의 〈터키행진곡〉을 듣고 있습니다. 아기는 너무 걸어서 소변이 마렵습니다.

당신은 드뷔시의 〈월광〉을 듣고 있습니다. 아기는 빛에 눈이 부셔 몇 가닥 부서진 속눈썹을 양수 속에 떨어뜨립니다.

당신은 알비노니의 〈트럼펫 협주곡〉 중 '아다지오'를 듣고 있습니다. 아기는 방귀를 부웅 끼곤 웃습니다.

당신은 드보르자크의 〈유모레스크〉를 듣고 있습니다. 아기는 손가락으로 코털을 뽑고 아파서 웁니다.

당신은 〈클라리넷 협주곡 A장조 K.622〉를 듣고 있습니다. 아기는 세상에 나갈 것을 생각하니 걱정이 됩니다. 마음이 심

란해서 아기는 자신이 아직 올챙이라고 생각하고 엄마의 심
방과 심실 속으로 꼬르륵 들어가버립니다.

당신은 지금,

음악 안으로 들어가 바깥을 두드리고 발차기를 하고 회전을
하고 양수를 꼬르륵 뱉어내고 엄지손가락을 빨고 있습니다.
음악은 자신에게 들어온 당신에게 묻습니다. 이 안에선 마음
편하게 쉬세요. 당신의 바깥에는 무엇이 있나요? 당신은 안을
너무 들여다보고 있어서 당신의 눈동자가 아름답다는 것을 보
지 못하고 있어요. 음악은 사람들에게서 벗어나 당신이 품고
있는 내부로부터도 자유로워져 자신의 눈에 잠시 머무르는 거
예요. 음악은 당신의 귀로 들어가 당신의 눈을 만지고 몰래 달
아난답니다. 자신의 눈에 잠시 머무르세요.

아기는 지금,

당신을 조용, 조용, 재워주고 있습니다.

○ 아빠, 나는 어디로 가고 있는 걸까요?

아빠, 나 여기 있어요. 아빠, 내 입에서 물방울이 나오고 있어요. 나는 오늘 배가 고파서 하루종일 굴렀어요. 포도알처럼 나는 굴러요. 아무도 내 마음을 알아보지 못해요. 내가 등을 돌리고 돌아누워 있어도 꿈쩍도 하지 않죠. 내가 입을 삐죽 내밀고 뚱해 있어도 어떤 물방울도 나에게 말을 걸어주지 않아요. 어떤 목소리도 들려오지 않았어요. 아빠, 내 입에서 자꾸 물방울이 나오고 있어요.

엘비라를 만나고 돌아오니 나는 그녀를 사랑할 것만 같아서 딸꾹질이 나왔어요. 울음을 멈추고 싶은데 자꾸 딸꾹질이 나와요. 누가 내 등을 좀 두드려주었으면 좋겠는데, 나는 내 손가락을 보면 가끔 무서워요. 왜 물고기인 내가 이렇게 변했지?

내 꼬리는 어디로 가버렸지? 나는 인어를 만나러 가야 하는데 아빠, 지금 여기는 어딘가요? 나는 내일이면 사라질 것 같아서 눈물이 나와요. 갑자기 방귀도 나와요. 슬픈데 내 발가락들을 만지고 있으면 기분이 좋아져요.

나는 어두운 이곳이 너무 좋아요. 며칠 전엔 불빛을 따라 움직이다가 길을 잃을 뻔했어요. 빛은 아직 피곤한데, 사람들이 내 귀에 대고 말하는 빛의 세계가 나는 두렵고 불안해요. 내 눈동자는 너무 희미한데 아빠, 나는 어디로 가고 있는 걸까요?

○ 엄마의 울음소리가 들려요

아빠, 아빠도 여기에 와보셨나요? 여기로 오는 동안 나는 백
조를 보았어요. 백조가 내 엉덩이를 물었어요. 나는 백조의 주
둥이를 잡고 입을 벌린 다음 내 입속의 물방울들을 넣어주었
죠. 백조들이 좋아했어요. 백조가 웃었어요. 아빠, 여기는 전
에 들었던 바람 소리가 나요. 엄마 울음소리도 들려요. 아빠, 이
마을은 수. 우. 웁이라고 발음해야 하나요?. 수. 우. ㅍ 이라고 해
야 하나요. 나는 아직 ㅍ이 잘 소리나지 않아요. 나는 동그란
ㅇ이 좋아요. 나는 동그라미니까요. 엄마도 동그라니까요.

내 배는 백조 같아요. 내 배는 하야요. 하해요. 내 배가 백조
처럼 날아오를 것 같아요. 내 배는 동그래서 못 날까요? 난 오
늘 엄마 배를 열심히 두드리다가 그만 울어버렸어요. 대답해

자고 있어, 곁이니까

주지 않았어요. 나는 백조처럼 내가 왔던 곳으로 떠내려갔어요. 내가 사라질까봐 얼마나 무서운지 엄마는 몰라요. 엄마 몸 바깥으로 떠내려가는 꿈을 꾸다가 나는 서러워져서 다시 발가락을 만져요. 발가락을 입에 갖다대면 웃음이 나와요. 아빠, 여기는 전에 들었던 바람 소리가 들려요. 하지만 엄마가 자꾸 울어서 안 들려요. 엄마 울음소리만 자꾸 내 몸에서 울려요.

아빠, 엄마는 미녀인가요? 엄마는 여기서 바람 소리를 많이 마셨나봐요. 내 입에서 수풀 냄새가 나요. 엄마는 내 입안에 뭘 넣은 거죠? "나는 네 입안에 숲을 넣어 주었단다." 아빠 목소리를 흉내내봐요. 아빠 목소리는 따옴 ㅍ, 따옴 표오처럼 따가워요. 미녀처럼 내게 부드러워질 수 없나요? 엄마는 왈츠를 추면서 나를 전혀 돌보지 않아요. 엄마가 혼자 거실에서 춤을 추면 내 몸속에선 엄마 울음소리만 자꾸 울려요. 아빠, 아빠도 여기에 있을 때 엄마의 그 소리 들어보셨나요?

○ 아빠, 엄마를 흔들지 말아요

아빠, 놀라지 마세요. 나는 콧구멍이 아주 커요. 누굴 닮아 이런지 모르겠어요. 거위처럼요. 나는 숨 쉬기에 좋은 인간이에요. 이건 아빠 말투를 따라한 거예요. 나는 요즘 양수를 많이 마시고 있어요. 밖으로 나갈 때 휴대용으로도 가져가려고 몸에 저장도 하기 시작했어요.

오늘은 누가 내 방으로 수중 마이크를 집어넣어주었어요. 내가 외로울까봐요. 나는 손가락으로 건드려보았어요. 나는 시려운 느낌이 싫은데 마이크는 너무 차가운 거 있죠? 입을 대고 노래를 불러주고 싶었는데 왜 내 몸에 손을 대죠? 아빠 왜 내 심장 가까이 차가운 것이 벌써 닿아야 하죠? 아빠, 나는 추워요. 이 방 냄새는 너무 따뜻하지만 아빠가 소리를 지를 때

이 방의 물소리들은 너무 차가워져요. 아빠가 엄마에게 속삭일 때 나는 잠이 와요. 아빠가 엄마에게 가지런히, 가만히, 라는 단어들을 말해줄 때 나는 귀가 간지럽지만 내 혀는 아빠처럼 따뜻한 발음을 해보고 싶어 간질거려요.

아빠, 내 몸에 핀 이 꽃이 보이나요? 어제부터 피기 시작했어요. 사람들은 알아보지 못해요. 내가 꼭꼭 숨겨서 안 보여주고 있거든요. 새들이 곧 내 몸으로 날아올 거예요. 나는 말은 못 해도 지저귈 줄 아니까 우린 친구가 될 수 있을 거예요. 알파파 알파파 아파파 알파파 아파빠 아파파 아빠의 목소리를 잊어버리지 않게 나는 주문을 외워요. 엄마가 내가 꿈을 꾸면 내 몸에 꽃이 핀다고 했거든요.

어젯밤 꿈에 엄마는 수영을 해서 나에게 왔어요. 나는 수영을 잘해요. 엄마 몸에 떠 있는 동안에 나는 몸을 흔들어 엄마를 위로할 거예요. 엄마가 외로워지면 내 눈동자는 물방울이 되어 사라질 것 같아요. 눈동자가 부서질까봐 나는 밤에 무서워요. 엄마가 흔들리면 나도 흔들려요. 아빠, 엄마를 흔들지 말아요. 날 독방에 가두지 말아요. 내 눈동자를 흔들지 말아요. 난 혼자 살 수 없어요. 엄마의 귀에 속삭여줘요. 엄마가 잠드는 동안 내 숨소리를 빌려드릴게요. 아빠, 나는 이제 낮과 밤의 차이를 느낄 수 있어요. 혼자 이 방을 쓴 지 오래되었어요. 몇 개월째 입에서 물방울이 나오는지 모르겠어요. 아빠, 나를 왜 독방에 가두어놓았나요? 아 파파 빠빠.

아빠, 나 여기 있다니까요.

○아가야, 동화란 슬픈 세계란다

2011년 5월 29일 일요일 24주차

아가야, 동화란 언제나 슬픈 세계야. 동화의 세계에서 우리는 현실을 벗어나려고 하지만 생각보다 쉬운 일은 아니란다. 동화의 세계는 네가 살고 있는 공간처럼 멀미도 필요하고, 진동도 필요하고, 우리의 주인공들도 필요하지. 하지만 우리의 주인공들은 언제나 사라지는 것을 두려워하면서 이야기 속에 있어야 한단다. 자신이 언제 사라져버릴지 모르기 때문이지. 마법에 걸리거나, 독에 중독되거나, 미녀에게 혼이 팔리거나, 배가 고파서 눈을 잃어 구덩이에 빠지거나, 슬픔 때문에 눈을 가리고 기러기를 타고 떠나거나, 겨울이 다가와 구멍 속에 갇히거나, 성 속에 살아도 언제나 친구가 필요하지. 언제나 말을 걸어주는 요정이 필요하지.

아가야, 동화란 언제나 슬픈 세계야. 동화의 세계에서 우리의 주인공들은 자신이 꾸고 있는 악몽을 이야기 속에 절대 보여주어서는 안 되거든. 언제나 필요 이상의 희망이 필요하고 언제나 필요 이상의 삶이 그곳에 존재해야 하거든. 자신의 동화를 읽는 사람이 얼마나 희망을 원하는지, 얼마나 삶을 원하는지 알 수 없기 때문이야. 우리들이 동화를 읽으면서 쓸쓸해지는 것은 그곳에 이야기가 있기 때문이란다. 이야기는 감추면서 드러내야 하는 비밀 같은 거거든. 동화의 비밀은 거기에 있단다. 자신의 동화에 자신은 주인공이 될 수 없지. 자기가 어느 이야기에서 숨을 멈추고 사라져야 하는지를 너무 잘 알고 있기 때문이야. 자신의 동화에 필요한 이야기들을 아빠는 그래서 시로 표현하며 살고 있지만, 그건 때로 너무 외롭고 아름다운 음악처럼 깊은 꿈속에 가라앉아 있단다.

아가야, 언젠가 네가 그것을 읽는다면 우리의 눈이 서로 닮아 있다고 생각하는 순간에 들리는 작은 초인종 같을 거란다. 네가 그 초인종 소리를 들을 때 먼 훗날 죽은 내 몸에서도 그 종소리가 들리기를 바라본다. 정말로 네 몸에 내가 밀어넣고 싶지 않은 건 나의 유전. 네 몸에 들어가 살아서는 안 되는 나의 우울. 지금 네 몸에 새겨지고 있을지 모를 슬프고 참혹한 이야기지만, 아니길 바란다. 하지만 아가야, 동화는 너처럼 하나의 생명체란다. 모든 이야기를 가지고 있지만 모든 이야기를 바꿀 수 있는 가능성, 그게 환영이라도 착각이라도 좋다고 생각한다면 말이야. 마치 언제나 우리가 몸속에 숨기고 있는 딸꾹질처럼 말이야.

○ 네가 내 삶을 변화시킬 거라 믿어

네가 태어나면 아기는 동화를 읽어줄게. 이십대의 나에게 아기라는 단어는 언제나 악몽이었지. 한 번도 생각해보지 못한 동화의 주인공이었으니까. 그 동화는 내가 절대로 꿈꾸어서는 안 될 악몽 같은 거라고 단언했었거든. 내가 가장 두려워하고 벗어나고 싶은 세계였으니까. 하지만 이제 나는 나의 동화에서 네가 움직이고 있는 것을 아주 비밀스럽게 사랑하고 있어. 네가 움직여 내 삶을 변화시킬 것을 믿으니까. 그리고 나의 비밀스럽고 슬픈 동화에서 네가 아름다운 성을 찾아갈 수 있도록 나는 이 동화에서 사라지지 않으려 해.

○근황

초음파 화면 속에서 아기가 눈을 뜨는 모습을 우리에게 처음으로 보여주었다.

요즘 내 시는 아기의 혈액으로 돌아가고 있다.

○아내는 요즘 고백의 제왕이다

아내는 25주가 되어가면서 기형검사와 임신성 당뇨검사를 하고 왔다. 이제 두 달 후면 아이가 태어난다. 검사를 받고 온 아내는 초음파 사진을 보며 태어나서 '정상'이라는 단어를 보면서 이렇게 눈물 난 적은 처음이라고 했다. 소뇌 정상. 뇌실 정상. 정상에 가본 적이 없지만 내 아기의 몸이 모두 정상이라니 나는 정상에 오른 기분이다. 다행이다. 이제 아내는 아기가 나와 자신의 어디를 닮았을까를 궁금해하면서 태담을 나누며 시간을 보낸다.

산모가 자신의 아이와 나누는 태담은 독백이 아니라 특이한 방백이다. 사람들은 알아들을 수 없는 이야기를 혼자서 속삭이고 대화한다는 점에서, 관객은 아는데 무대 위의 자신은 모

자고 있어, 곁이니까

르는 것과는 조금 다른 질을 가진 방백이다. 그런 점에서 무대 바깥의 인물에게 산모의 고백은 아주 가까이 다가가야 알아들을 수 있을 듯이 흐릿하다. 자신의 내부에 존재하는—아직은 자신의 일부인—몸과 나누는 대화라는 점에서는 독백에 가깝지만 곧 자신으로부터 떨어져나갈 몸과의 대화라는 점에서 산모의 독백은 고백에 가깝다. 그 고백은 당분간 계속될 것이다. 아내는 고백을 숨기지 않고 어디서든 해주는 것이 태교에 가장 중요하다고 생각하는 사람 같다. 버스에 앉아서도, 공원 벤치에 앉아서도, 화장실에 앉아서도, 밥을 먹으면서도, 어디서든 타인의 눈치를 보지 않고 고백을 한다. 옆에서 들으면 갸우뚱할 만한 이야기도 많다. 예를 들어, "그만 울어, 뚝" 같은 경우나 "어제 무슨 꿈꾸었니?" 같은 경우는 많이 살뜰하다. 가끔 옆에서 둘의 대화에 가벼운 시새움이 생기기도 한다. 한 소설가의 제목을 빌리면 아내는 지금 '고백의 제왕' 같다. 태담은 단순한 애정 표현이 아니라 고백이다. 절망이 금지되어 있는 고백.

고백이 사람들에게 불편을 주지 않거나 보호받는 경우는 드문데, 산모의 경우는 그래도 아직 세상이 품을 주는 은신처라는 생각이 든다. 아무도 산모의 고백으로 침입할 수 없고, 아무도 산모의 고백을 이 세계의 다른 부분으로 인식하지 않는다는 점에서 산모는 보호받고 있는 것이 틀림없다. 행여, 인형을 배에 넣고 다니며 대화를 하는 정신 나간 여자라 하더라도, 우리가 그녀와 그녀가 배에 품고 다니는 인형의 관계를 상처나 은유로 쉽게 단정짓거나 농락할 수 없듯이 그 태동을 바깥에 있는 우리가 알아들을 수 없다는 점에서는 태담은 같을 테니까. 나는 아내와 아기가 나누는 태담이 환기가 잘 되도록 보호해주고 싶다.

아내와 함께 보문동 산후조리원을 둘러보고 예약을 하고 왔다. 직접 가서 보니 전반적으로 채광이 넓고 환기 상태가 좋아서 마음에 들었다. 아내는 참숯침대도 마음에 든다고 했다. 햇볕이 좋은 방의 침대에서 아내는 핏줄이 선명한 아기를 안고 아이의 붉은 잇몸에 자신의 젖을 떨어뜨려주며 며칠간 푹 쉴수 있겠지…… 다행이다.

○ 요통 속의 아내

어서 좀 누워요.

당신 몸속의 물개가 놀랐나봐요.

눈동자를 크게 뜨고 있어요.

숨을 크게 쉬어보세요.

내게 기대어

눈을 지그시 감고,

바다를 한번 상상해봐요.

당신 양수는 해수와 비슷한 성분이래요.

우리 물개가 바다로 다시 돌아가면

금방 편안해질 거예요.

○네 첫 생일선물은 당나귀야

네가 태어나면 주고 싶은 선물을 고르다가 당나귀 한 마리를 떠올렸단다. 갑자기 무슨 당나귀? 하며 의아해할지 모르겠다. 궁금하지? 그 녀석을 잘 길러서 네가 동물의 눈빛을 사랑하고 대화를 나눌 줄 알게 되면 널 데리고 강화도로 가서 네 배 다른(?) 형제라고 소개해주고 싶을 정도란다. 아빤 당나귀를 참 좋아해. 심지어 당나귀를 보려고 모로코와 튀니지로 여행 계획을 세운 적도 있지. 그곳의 당나귀들은 고되게 일을 하지만 참 순하고 평화로워 보였다. 엄마는 널 가진 걸 예감하면서 당나귀들의 맑은 눈동자와 엉덩이에 카메라 셔터를 날리곤 했지. 엄마와 내가 함께 좋아하는 동물이 당나귀야. 그래서인지 너에게도 보여주고 싶구나.

강화도에서 대안운동을 하시는 분이 중국에서 데려온 당나귀를 통해 새로운 사업을 준비중이라는 소식을 들었단다. 이제 우리나라에서는 당나귀를 볼 수 없어 배를 타고 열두 마리를 데려왔다고 해. 그중 한 마리는 배에서 탈장으로 안타깝게도 목숨을 잃었대. 지체장애인들이 만들어 유통하는 강화의 빵공장에서 일하는 아빠의 후배는, 당나귀들을 보러 갔다가 남은 당나귀 녀석들의 배를 빗으로 긁어주며 달래주고 왔다는구나. 당나귀는 아랫배를 긁어주면 좋아한다지. 아마 아빠가 혼자 살던 시절에 키우던 고양이들처럼 아랫배를 긁어주면 사랑받는 듯한 느낌을 받아서일 거야.

대안사업으로 당나귀를 육성하는 계획 속에서 유지가 어려운 건지 한두 마리씩 입양이 되고 있다는 소식을 전해 듣고 아빠도 새끼를 가질 수 있는 암놈 한 마리를 입양하고 싶다는 의사를 전했단다. 그런데 아직은 데려와서 함께 살 수는 없어서, 당나귀를 입양한 후 매월 약간의 관리비(먹잇값)를 주고 그곳에서 대신 길러주는 조건으로 말이야. 물론 그 녀석이 낳는 새끼도 우리가 분양해야 하는 것이고. 나는 녀석이 새끼를 가지면 가서 직접 귀를 대고 태동도 느껴볼 생각이고, 새끼를 낳을 때에도 꼭 가서 거들 생각이란다. 할 수 있는 게 별로 없겠지

만 구유에 뜨거운 물이라도 나를 생각이야. 돌봄이란 단어는
어떤 생명에게도 필요하니까.

나귀는 당나라에서 왔다고 해서 당나귀로 불린다는데 넌 나
귀라는 단어가 좋니, 당나귀가 좋니? 아빤 당나귀가 좋다. 당
근을 주면 좋아해서 당나귀 아닐까? 하는 우스갯 짐작도 해보
고 말이야.

참, 그거 모르지? 당나귀 한 마리 가격은 아빠 책이 이천 권
팔리면 나오는 인세와 같단다.

○ 당신의 산모수첩을 훔쳐보는 밤

내 아내의 산모수첩엔 아가가 숨어 산다.

내가 모르는 비밀이 많을 것 같아

어젯밤엔 산모수첩을 몰래 훔쳐보았다.

어느 페이지를 펼쳐보아도 아기의 숨소리만 들렸다.

○갓 태어난 아기는 둥긂만 인지한대요

당신의 나이를 생각하면 고령 임산부는 아니지만 그래도 서른을 넘어 가진 아이라서 걱정이 많습니다. 당신은 아이가 배 속에서 꾸물거리기도 하고 발차기도 하면 살아 있음을 느껴 행복하다고 하는데 그건 어떤 느낌일까 자주 궁금해집니다. 내 배는 꿈꿀 수도 없는 상상력일 테고, 내 눈으로는 닿을 수 없는 곳에서 둘은 늘 눈을 마주치고 있을 테니까요. 당신의 자궁은 결코 고아가 되어서는 안 되는 세계를 만들어가고 있으니까요.

이따금 당신이 방문을 닫고 속옷을 갈아입을 때마다 나는 당신의 둥근 배와 몸을 떠올리지만 그게 어색하거나 낯설지는 않습니다. 나는 둥긂이라는 단어를 좋아해요. 당신의 둥근 배도 좋고 당신의 둥근 얼굴도 좋고 당신의 둥근 눈동자와 콧방울과 당신의 둥근 아이도 어서 보고 싶어요. 갓 태어난 아기는 태어나서 둥긂만 인지한대요. 미약한 시선으로 엄마의 둥근 눈동자와 둥근 젖꼭지를 알아본대요. 이 둥근 두 가지만 있어도 신생아는 산다고 해요.

둥글어진 당신의 몸을 부끄러워하지 마세요, 당신. 언제나 둥글지 못해 부끄러운 건 내가 먼저니까요. 당신의 몸을 만지면 나는 진흙처럼 부드러워지고, 당신의 몸에 입김을 불어넣을 때 나는 당신이 둥글게 몸을 휘는 그 느낌이 좋아요. 누가 뭐래도 우린 둥글, 둥글, 여기까지 잘 굴러왔어요.

당신, 내일은 레인부츠를 사줄게요. 초록색 레인부츠를. 당신이 그걸 신고 물웅덩이를 밟을 때 날 물방울 소리를 아이가 들을 수 있을 거예요. 빗물이 초록 고무에 닿는 소리를. 첨벙 첨벙 당신은 초록색 레인부츠를 신고 예전처럼 빗속을 명랑하게 걸어다닐 수 있을 거예요. 나는 당신의 둥근 배를 사랑하는 사람입니다. 그 몸으로 걸어들어간 사람이 아이보다 내가 먼저란 걸 나는 늘 고마워하는 사람이에요.

○너의 모든 것을 세다

오늘은 한 달 만에 널 보러 갔어.

손가락 열 개,
발가락 열 개,
눈동자는 두 개,
귀도 두 개,
코는 하나,
콧구멍은 두 개.

난 이것들을 하나하나 화면으로 살펴가며 세어보았지. 사람의 하루가 숫자를 세는 것만으로 충만할 수 있구나 생각하게 되었어.

자고 있어, 곁이니까

아기야, 아빠가 오늘 센 너의 손가락, 발가락들…… 두고 오지 말고 다 가지고 나와야 해. 너도 밖으로 나올 날짜를 그 작은 손가락으로 세어보며 설레고 있을까? 점점 네가 우리에게 오는 게 실감이 나는구나.

○네 뼈는 혈액공장이래

네 혈액은 뼈에서 만들어진대. 네 뼈들은 아직 너무나 작아서 희고 딱딱한 네 뼈 틈에 피가 들어 있대. 사람들은 그걸 골수라고 불러. 네 골수에서는 매일 이천 억 개의 적혈구가 만들어지고 있다고 해. 어른이 되면 두개골과 흉골, 척추골, 늑골에서만 혈액이 만들어지지만 너는 지금 엄마 배 속에 있는 동안 어서어서 성장해야 하니까 네 몸의 모든 뼈에서 피가 만들어진대. 네 뼈는 그야말로 혈액공장인 거야. 공장이 네 몸에 살고 있는 기분이 어때? 넌 네 몸의 피를 느끼면서 상상력이 풍부해지고 있을 거야. 상상력이란 그런 것일 테니까. 자신의 피를 느끼며 풍부해지는 언어들.

우주비행사들은 무중력 상태에 있으면 뼛속의 칼슘이 다 날

아가버린다고 하는데, 그래서 몸이 금방 가늘어져버린다고 하는데, 네가 있는 양수 속은 내가 모르는 우주이긴 하지만 무중력은 아닐 테지. 엄마가 숨 쉴 때마다 너도 숨 쉬니까 중력이 있는 지구에 너도 있는 거겠지. 뼈는 사용하지 않으면 가늘어진다니까 아끼지 말고 열심히 사용하렴. 그러고도 시간이 남는다면 아가야, 잠들기 전 내 피 한 방울이 네 몸 위로 똑! 하고 떨어지는 꿈을 꾸어보렴. 그럼 넌 나를 많이 닮게 될 거야. 아침에 깨어나기 전, 그러니까 눈을 지그시 뜨기 전, 네 입술 안으로 내 피 한 방울이 똑! 떨어지는 느낌을 상상하렴. 그럼 넌 아빠의 우주를 갖게 될 거야. 지금 너의 피는 내 뼈에서 만들어진 걸 거야. 기억해줘. 아빠는 여기저기 메말라 있지만 시를 쓰는 사람이란다.

○ 곁에 몸은 벗어두고

어젯밤 책상에 앉아 아이의 뇌파를 보면서 아기의 꿈을 보았어요. 아이의 뇌파를 보면서 나는 꿈을 꾸는 듯한 표정으로 모니터에 손가락을 대어보았죠. 아기의 뇌파는 정말 섬세하고 맑아요. 심해의 물고기들처럼 아주 작은 소리에도 반응하죠. 열대어의 지느러미가 순백의 해변에 밀려와서 부드럽게 흔들거리며 파득거리듯이, 아기 고래도 엄마 배 속에서 이런 뇌파들을 가지고 있겠죠. 엄마가 꿈을 꾸면 아기 고래도 함께 꿈을 꾸면서 아가미와 지느러미를 움직이며 바닷속을 떠다니겠죠.

해저 깊은 곳에 내려간 아기의 뇌파는 지금 천천히 수면으로 올라오고 있어요. 내 눈을 따라 움직이는 듯해요. 아기의 뇌파를 바라볼 때마다 저 미미하고 심약한 뇌파가 내 눈을 따라 움직이는 상상을 하면 그건 남모를 나의 외로움이 되기도 해요. 아기가 꼭 나를 닮은 듯해서요. 그건 어디에 좋은 건가요? 그건 어지러운 건가요? 아직은 잘 모르겠어요. 해저 속 아기 고래의 숨소리처럼 한없이 가라앉아 있다가도 하늘에 닿을 듯 아기의 뇌파는 높은 음역으로 출렁거려요. 마치 이미 몇 번 하늘에 닿아보았다는 듯이, 유연하면서도 명랑한 고도를 가진 사람의 눈동자처럼 퍼지고, 가라앉고, 하늘거려요.

아기가 이 세상에 나와서 처음 이 뇌파에 바람이 닿으면 삶이 되겠죠. 그건 아기의 삶이 되겠죠? 아기만 엄마의 심장 소리를 들으며 편안해하고 잠드는 것이 아닌가봐요. 당신도 아기의 뇌파를 가만히 들여다보고 있으면 졸음이 오는 걸 아세요? 알고 있었나요? 하긴 당신은 모든 걸 다 알고 있을 거예요. 말하지 않아도 되는 세계, 언어가 필요 없는 세계, 그 부력이 당신의 몸 안에는 가득 차 있으니까요. 당신의 몸은 아기를 허공도, 공중도, 벼랑도 아닌 당신의 몸 한가운데 띄운 채 지내니까요. 그 기분이 때론 외롭진 않나요? 인간이라면 누구나 경험해보았을 더없이 포근한 부력. 그걸 모성이라고 부를까요?

목소리가 아직 없을 텐데 목소리를 내고 있는 것 같아요. 나는 눈을 뜬 채 아기의 꿈을 꾸고 있는 듯해요. 아기는 무언가 말하고 있어요. 어쩌면 아기는 세상의 언어들을 배우기 전 모든 언어를 갖고 태어나는 것일지 몰라요. 조금씩 불필요한 언어를 잊어버리기 위해서 태어나는지도. 망각은 우리를 불안한 다른 곳으로 데려다놓지만 지금 아기에게 그 망각은 아주 오래된 습관처럼 익숙하고 부드러운 체험일지도. 아기의 머리는 하얗게 비어 있을 테니까요. 아이의 머릿속엔 바다 깊은 곳에 존재하는 산소와 하늘 깊은 곳에 존재하는 공기와 숲 깊은 곳에 존재하는 바람들만 드나들겠죠. 가끔 아이가 먼 곳을 다녀오기 위해 꿈을 꾸면 아이의 뇌파는 섭씨와 화씨의 수치로 표현할 수 없는 온도로 움직이고 있어요. 온도야말로 진실된 여행가죠. 세상의 모든 공간과 몸을 드나들 수 있으니까. 아기는 지금 여행중이에요.

아아, 당신, 우리의 삶은 얼마나 불우하고 허약한가요? 우리의 뇌에는 얼마나 많은 파수꾼이 생겨 우리를 지키고 있는 걸까요? 빌어먹을, 너무 많은 기억들이 파수꾼으로 우리를 지켜주고 있어요. 저 뇌파 속으로 달아나버리면 나는 목소리를 잃어버릴 수 있을까요? 정말로 저 뇌파를 따라 숨을 수 있을까요? 그래도 내 아기의 뇌파를 보면서 잠시 그곳으로 달아날 수 있는 삶이 있어 나는 요즘 가난하지 않아요. 나는 고아가 아니니까요. 아이의 뇌파를 보면서 아기의 꿈을 보았어요. 나는 지금 아기의 눈에서 돋아나는 눈이에요.

아기들은 태어나면 몇 달 동안 뇌가 자고 있고 몸이 깨어 있는대요. 그래서 자다가 일어나 갑자기 우는데 그게 아직 잠에서 덜 깬 상태래요. 그걸 논램수면이라고 하나봐요. 나는 늘 몸은 잠들어도 뇌가 깨어 있는 기분이라 피곤한데 난 아기들처럼 잘 수 없나봐요. 책상에 앉아 아이의 뇌파를 보면서 아기의 꿈을 보았어요. 아이의 뇌실엔 정말로 많은 것들이 담겨 있겠죠? 그중에 내가 말을 트고 싶은 세계가 있어요. 저 뇌파로 다가가 조용히 물들고 싶은 세계가. 내 두 눈이 저곳에 잠겨 있어요. 곁에 몸은 벗어두고.

○내 두 개의 심장에게

당신은 얼마 전 꾸준히 모아온 아이의 초음파 사진을 내게 보여주었어요. 당신이 아이를 가졌다고 처음 말했을 때의 심상으로 잠시 다시 돌아가야 할 것만 같은 유혹을 떨치기 어려워요. 나는 당신이 작은 산모수첩에 모으고 있는 배 속 아이의 모습과 상태들을 볼 때마다 더욱 그런 생각에 골몰합니다. 두 개의 심장에 관한 상상 말이에요. 하나의 배 속에 두 개의 심장이 자리하는 그 느낌이 내게는 너무나 생경한 것이었고, 그것은 어떤 두꺼운 책에 나와 있는 생체 리듬에 관한 얘기보다 강렬한 것이었어요. 당신은 현재 두 개의 심장으로 살아가고 있어요. 한 몸으로 두 개의 심장을 지닌 채 당신은 아침에 눈을 뜨고 밤에 눈을 감아요. 당신은 그러한 몸의 변화들을, 두 개의 심장이 움직이는 상태를 어떤 배웅으로 어떤 마중으로 기억해두려고 할까 궁금해요.

　당신이 모으는 두 개의 심장에 대해 그 모양새에 대해 나는 아직 이름 붙이지 못했어요. 그 이름 곁에 우리의 삶이 어떠한 결을 마련해가야 하는지는 잘 알고 있습니다. 두 개의 심장으로 발음할 수 있는 모성은 세상 어떤 곳에서도 찾을 수 없습니다. 지금 내 곁에 잠들어 있는 당신의 몸에서만 일어나는 그 화음을, 그 착란을, 나는 기어코 내 문장을 두근거리게 하는 작은 수런으로 만들어가고 싶어집니다. 그건 내 시가 지닐 수 있는 궁색하지 않은 몇몇 모음들이 되어갈 것입니다. 모든 인간은 두 개의 심장으로 살았던 기억을 가지고 있다는 그 몸을 불러들이기 위해, 나의 시는 이 지난하고 먹먹한 날들을 견디고 있어요. 당신의 잠든 두 눈을 만지면 한 몸에서 두 개의 심장이 눈을 뜨는 듯해요. 당신, 내 몸에도 그 모성이 남아 있어 다행인 날들이에요. 이 생활의 발견이 너무 희귀해서, 나는 어떤 여름의 열매보다 뜨겁습니다. 내내 그리운.

장마라 그런지 연일 비가 계속되고 있다.

초파리가 날아드는 밤이다.

"아무도 모르는 빗방울처럼 그대의 창에 매달려 있고 싶은 밤입니다"라고 쓰고,

나머지 문장들은 지운다.

태교

⋮
후
기

○ 여행은 잠들기 전이 가장 외로운 거야

너에게 내가 아는 자장가들을 들려줄게. 아빠는 세상의 모든 자장가를 아낀단다. 그래서 아주 오래전부터 여행을 가거나 우연히 노래에 관한 자료를 찾을 때면 세상의 자장가들을 찾아보는 습관이 생겼어. 그것들을 꼼꼼하게 메모하기도 하고 항상 기억하려고 애쓰고 있단다. 한번은 아침 일찍 한 출판사로 달려가 세상의 자장가들을 번역하는 기획안을 제출하기도 했지. 이 세상의 자장가들을 소개하고 그것을 통해 사람들이 어떻게 꿈으로 들어가는지 아름답고 몽환적인 이야기에 관한 책을 한 권 내보고 싶다고 제안하면서 말이야. 넌 열에 가득 차 그 이야기를 편집자에게 전달하던 내 눈동자를 상상할 수 있을 거야. 하지만 그 출판사는 나의 달콤한 자장가에 잠들 생각을 안 하더구나. 이미 어른이 다 되어버린 출판사들은 아

자고 있어, 곁이니까

기를 재울 수 있는 이야기 따위엔 관심을 안 가지거든. 그들은 하나같이 꿈꾸는 아이를 깨운 후 성장시킬 생각만 하고 있었어. 필요하다면 자는 아이의 뺨을 때려서라도 말이야.

하지만 나는 포기하지 않고 여전히 조금씩 자장가를 모은단다. 사실 얼마 전부턴 캐럴도 모으고 있지만 그 이야기는 나중에 하기로 하자. 아가야, 나는 세상의 어떤 시도 자장가만큼 부드럽고 깊은 곳까지 흘러가지 못했다고 생각한단다. 우리가 왜 이 세계에 대해 피로를 느끼고 우리가 왜 상처받고 있는지에 대해 아무리 무의식에 관해 떠들고 분석하려 해도 잠을 한 번 자는 것만 못하듯이 말이야.

아가야, 낯선 여행지에선 때로 자장가가 필요하단다. 낯선 곳에선 자신에게 자장가를 들려줄 사람이 없거든. 그곳에선 비가 오는 저녁이면 욕조에 물을 받아두는 것도, 햇볕이 좋으면 시장에서 사온 화분과 운동화를 창가에 놓아두는 것도, 아침이면 옥상에 올라가 이슬이 묻은 이불을 터는 것도 중요하지만, 자장가를 불러줄 수 있는 사람을 만나야 정말로 근사한 여행이 될 수 있지. 하지만 그런 행운은 쉽게 찾아오지 않는 법이거든. 무작정 바로 들어가 "자장가를 불러줄 수 있는 사람을 찾고 있소"라고 웨이터에게 말한다면 아마도 그는 내게 근처 유곽의 주소를 적어주거나 좀더 진보적인 취미로 그걸 이해한 나머지 혼자 술을 마시는 남자에게 "저 사람은 항문에 대한 취향을 갖고 있습니다"라고 귀띔을 해줄지도 몰라. 그것 도 아니라면 더이상 내게 술을 내주지 않을지도 몰라. 어느 날 저녁 문득 자장가를 불러줄 수 있는 사람을 찾고 있다는 말을 한다면, 우리가 사는 이 세계에선 비정상적인 취급을 받기 십 상이거든.

아가야, 그래서 낯선 여행지에선 자장가가 더욱 필요하다는 거야. 네가 아무도 몰래 떠나왔다면, 여행은 잠들기 전이 가장 외로운 거야. 네 눈으로 찾아오는 많은 밤들을 너는 달래야 하 니까. 자신만의 자장가가 필요할 거야. 여행은 자신에게 자장 가를 들려주는 법을 배워가면서 조금씩 자신의 꿈속으로 초 대받는 일이거든. 아가야, 네가 혼자서 배낭을 싸고 여행을 떠 날 때 너는 아무도 이해할 수 없는 자장가가 들려오는 곳으로 갈 수 있을 거야.

자고 있어, 곁이니까

　아가야, 아빠는 많은 곳을 여행해보았단다. 손가락으로 다셀 수 없을 만큼 많은 도시를 돌아다녀보았지. 수많은 베개 냄새를 기억한단다. 욕조가 있는 방을 수없이 찾아다녔어. 엽서 가게 앞에서 수없이 서성거려보았고, 수없이 많은 사람들과 잘 자요, 라는 인사를 나누고 각자의 방으로 들어가곤 했지. 수없이 많은 기도를 해야 했던 아픈 아이들도 보았고, 저녁이면 수많은 별들의 냄새를 맡으며 언덕 아래로 내려가는 양떼들도 보았단다. 나무 아래서 졸고 있는 양치기도 보았고, 빵을 훔쳐먹는 노인도 보았고, 낯선 도시에 도착하자마자 배낭을 던져놓고 아무도 없는 극장에 앉아 우유를 마시며 혼자서 영화를 보기도 했어. 산책을 하다가 길가의 해바라기 줄기에 매달려 이파리를 뜯어먹는 고양이도 보았고, 웅덩이의 물을 마시며 가쁜 숨을 고르는 갈색 말도 보았단다. 비가 방까지 들이닥쳐 카페로 나와 이름 없는 주소로 시를 써서 보내보기도 했단다.

하지만 아가야, 아빠는 아직도 수많은 곳을 더 여행할 것 같은 예감이 든단다. 나는 아직도 나를 재울 수 있는 자장가를 필요로 하거든. 네 엄마를 처음 만난 것도 여행을 하면서란다. 그리고 널 가진 것도 여행을 하면서였지. 네 엄마와 함께 그 많은 여행지에 우리가 데려갔던 자장가들은 모두 어디로 가버렸을까? 그런 걸 떠올리면 조금 우울해지지. 하지만 우리에겐 아직 잃어버리지 않은 많은 자장가들이 남아 있단다. 아가야, 엄마와 나는 밤에 팔을 빌려주는 사이란다. 네 엄마의 이마에 열이 오를 때 머리를 누이고 아주 편안하고 아늑한 곳으로 데려갈 수 있는 노래가 내겐 다행히도 조금 남아 있지. 그런 걸 가만히 사랑이라고 불러도 좋은 세상에 우리는 살고 있단다. 고백하자면 너는 어느 사막의 오아시스에서, 모래가 날리는 작은 침상에서, 엄마의 머리를 눕힌 내 팔의 혈액으로부터 흘러나온 거란다.

아가야, 어떤 나라의 자장가든지 그 가사에는 잠들기 전 우

자고 있어, 곁이니까

리의 눈을 닮은 이야기들이 있단다. 사람들은 잠이 오면 꿈을 꿀 준비를 하는 눈으로 변해야 하기 때문이지. 자장가에서는 베개 냄새가 나거든. 아니 베개에서는 사람들의 귀냄새가 나거든. 가령, 어느 아프리카의 작은 침대에 놓여 있던 두 개의 베개에선 이런 귀냄새가 났단다. "자자, 자자, 우리 아기 열매 속에 들어가 있네. 얼룩말도 열매 속에 있다네……" 네가 지금 엄마와 내가 나란히 베고 누운 이 베개 냄새를, 베개에 스민 우리들의 귀냄새를 기억했으면 좋겠구나. 혼몽하게 들려오는 자장가가 들려오던 귀가 조금 묻은 베개를 나는 사랑한다.

아기야, 언젠가 엄마와 내가 심하게 다투던 날 엄마는 나에게 이렇게 소리쳤단다.

"다 말해줘!"

난 이렇게 대답했지.

"당신은 여행운이 있군요."

네가 달을 좋아했으면 좋겠구나. 연금술사들은 오래전부터 달을 좋아하면 여행운이 있는 거라고 하더구나. 그들은 달이 있는 카드를 선택하면 십중팔구 여행 이야기를 꺼내지. 그러곤 근엄하고 신비롭고 안온한 표정으로 내 손바닥을 들여다보면서 말해주지. 여행에 대한 몽상은 우리가 가보지 못한 곳으로 보내는 자장가 같은 거라고. "그곳에 가서 나는 잠들 수 있다"라는 예감을 나는 존중하고 살 거라고. "달에 가면 제일 먼저 장갑을 벗고 눈을 뭉쳐서 던지고 싶어요. 이곳이 이렇게 추운 곳인 줄 몰랐다고요." 언젠가 어느 딱딱한 회의 자리에서 의자를 박차고 일어나 이렇게 말하는 날도 올 테니까. 사람들은 너에게 화를 내거나 몽상가라 쉽게 말할 수도 있을 테지만 그들은 과자를 어느 정도 주머니에 가지고 있어야만 사랑받을 수 있다고 믿는 어린 시절의 로맹 가리처럼 연약한 사람들이란다. 하지만 로맹 가리처럼 어느 날 갑자기 네 앞에 떡 나타난 고양이가 네 콧등을 핥을 때, 네 볼을 핥을 때, 그걸 우연히 찾아온 여행이라고 믿는 사람이 되기를 바란다. 때로 세계는 우리가 예측하지 못했던 우정으로 찾아온다고 그는 말했어. 나는 그가 가진 그 연약한 세계를 존중한단다. 자장가는 우리 몸으로 찾아올 잠과 우정을 간직하기 위해서 갖추어야 할 밤의 예의 같은 것이니까. 아무렴. 그렇고말고.

아가야, 네가 사람들에게 여행을 전달하는 사람의 눈망울을 가졌으면 좋겠구나. 언젠가 너와 여행을 하는 순간이 올 수도 있겠지. 함께 배낭을 싸고, 함께 시장에 나가 구두를 사고, 과

일을 사고, 엽서를 사고, 몽당연필을 깎아주고, 낯선 곳에 도착해 지도를 펼치고, 고장난 시계를 버리는 순간들이 오겠지. 아가야, 어느 날 밤 내가 조금 아프면 그땐 네가 아는 자장가를 내게 들려주지 않으련?

　네가 태어나면, 내가 먼저 아는 자장가들을 모두 들려줄 테니.

○ 엄마가 눈을 감으면 너는 눈을 뜨겠지

요즘 나는 너와 엄마를 집에 두고 연희문학창작촌이라는 곳에서 지내고 있단다. 이번 여름에 꼭 마무리해야 할 원고 작업이 남았거든. 글을 쓰는 사람들은 혼자 있는 시간이 좀 필요해서 아빠는 지금 이곳에 와 있는 거란다. 예전에 내가 고은 시인의 자택으로 가서 인터뷰를 한 적 있었는데 그때 그 노시인께서 이런 말씀을 하시던 게 생각나는구나. 아이가 태어난 뒤한 문장 쓰고 아래층으로 내려가서 아기 얼굴 보고 올라와 다시 또 한 줄 쓰고 내려가곤 했다고. 나중에 아이를 가져보면 이해할 수 있을 거라고 말씀해주시던 것이 지금도 또렷하구나. 집에 있다보면 쌓인 원고 마감은 많은데—아마도 네가 태어나고 나면 난 마감 따위는 안중에도 없을 테지만—네 태동 소리를 듣다가 하루가 다 가버릴 것만 같은 생각에 작업을 진행하기 어려울 것 같아서 짐을 싸서 이곳에 와 있는 거야. 엄마가 곧 있으면 일을 쉬어야 하고 그렇게 되면 아빠는 좀더 열심히 일을 해야 하거든. 이제 며칠만 참으면 너에게 갈 수 있다.

너는 지금은 이해하기 힘들겠지만 아빠는 이따금 내 삶에 절망이 존재하지 않는다고 여겨질 때 이해할 수 없는 문학적 충동을 강하게 느끼곤 한단다. 그건 삶에서 아무리 노력해보아도 좀처럼 절망할 수 없다는 비탄에 대한 반작용이라기보다는—결코 대단한 문학 작품을 위해 헌신하는 의미가 아니다—글을 쓰면서 절망을 확인해오던 습관에 대한 그리움 같은 것이 내게 남아 있는지를 매번 확인하고 싶은 욕망과 같은 것이란다. 굳이 거창하게 말하면 문학적 충동이란 바로 내 안에 존재하는 그런 절망에 대한 그리움 같은 것을 확인하는 일이지.

이 세계가 얼마나 나를 짓누르고 있는지, 내가 사랑했던 것들이 얼마나 세계의 폭력으로부터 고아가 되어가는지를 확인하고, 굴종과 연민에 대한 감성을 내 안에서 회복하는 일이 나를 글쓰기의 충동으로 이끌곤 한단다. 좀 어이없게 불쑥 다가오기도 하고 그래서 가끔은 웃음이 나기도 하지만, 그럼에도 이러한 나의 불규칙하고 정제되지 못한 감정과 비밀을 사람들에게 글이 아닌 것으론 보상받지 못한다는 생각이 들어. 비밀이 이해보다는 침묵을 통해 드러날 때 그 심연이 메마르지 않듯이 말이야.

아가야, 그렇지만 나는 이곳에 와서도 네 생각이 많이 난단다. 며칠 네 태동 소리를 못 들었더니 잘 지내고 있는지 궁금하구나. 이제 네 체중이 1킬로그램이 넘었다고 들었다. 크기도 30센티가 넘었다고 하더구나. 곧 있으면 세상을 보겠구나. 엄마는 며칠 전까지는 태반이 너무 아래쪽에 자리를 잡고 있다는 의사 선생님의 진단에 혹시 제왕절개를 해야 하는 것은 아닌가 하고 조금 불안해했단다. 가끔 네가 몸을 둥그렇게 돌려 물구나무를 선 채 있으면 엄마는 조금씩 산달이 가까워지는 게 느껴지는지 흉곽 근처까지 네 몸이 올라와 숨이 가쁘다고 한다. 공간이 많이 좁지? 너 역시 이제 그곳이 조금 갑갑한가보다. 몸이 불편한 엄마를 혼자 두고 와서 많이 미안하고 걱정되지만 그래도 네가 엄마를 지켜줄 거라고 생각하니 든든하구나.

내가 여기서 생각하는 밤이란 엄마가 눈을 감으면 네가 눈

자고 있어, 곁이니까

을 뜨는 내내란다. 엄마가 눈을 감으면 너는 눈을 뜨고 꿈을 꾸기 시작하겠지. 아가야, 지금 네가 꿈꾸고 있는 공간인 아기집을 많이 만지고 더듬고 부비고 보아두길 바란다. 그곳이야말로 진짜 우리집의 일부이니까.

○ 약국에 들러 손목보호대를 골랐어요

당신을 재워드릴게요. 당신은 요즘 임신소양증으로 온몸이 가렵다지요. 자극적인 음식을 피하기 위해 당신은 이제 좋아하는 빵도 멀리하고 있어요. 크루아상도, 노란 크림빵도, 아스트몬 블루베리도 피해야 해요. 아기에게도 밀가루는 상당히 자극적인가봐요. 아기는 이제 당신 안에 꽉 차 있어요. 아기가 점점 더 많은 양분을 원하기 때문에 칼슘을 충분히 섭취하지 않으면 아기가 다 빼앗아간대요.

당신의 손발이 부어 있는 것을 보고 마음이 아팠어요. 내 원고도 늘 부종에 걸려 퉁퉁 부어 있는 상태인데도 말이지요. 안되는 원고 작업을 붙잡고 있다가 며칠 만에 집으로 돌아온 내게 당신은 손목이 아프다고 보여주었어요. 얇고 작은 두 손목을 내게 내미는 당신의 모습은 어디선가 내가 본 듯한 표정이었어요.

내가 어릴 적 아기였을 때 엄마에게 달려가 상처를 자랑하듯이, 한편으로는 동정을 바라고 밖에서 얻어온 손바닥의 상처를 보이며 물끄러미 눈망울을 멈추고 섰을 때, 내 어머니는 거리에서 주워온 무쇠솥과 그릇을 마당에서 닦고 계셨죠. 그 차갑고 커다란 무쇠솥에 머리를 숙인 채 나에게 말씀하셨어요. "냉장고에 있는 딸기를 먹어라." 차갑고 딱딱한 솥 안 어둠 속에서 울려오던 어머니의 냉랭하고 건조한 그 소리를 잊을 수가 없어요. 나는 딸기가 먹고 싶은 것이 아니었는데. 하지만 나는 어머니의 마음을 이해해요. 아버지가 늘 어머니에게 그런 식이었으니까. 어머니는 아버지를 닮은 내 눈을 오랫동안 싫어하셨죠.

당신이 아기처럼 영광의 손목을 내밀었을 때 그게 무슨 뜻인지 알아서 나는 당신 눈을 들여다보며 잠시 침울했어요. 순간 여러 가지 생각이 떠올랐거든요. 내 삶의 저편에서 들려오던 어머니의 목소리와 며칠 후 무쇠솥에 머리를 넣고 내가 "난 딸기가 먹고 싶은 것이 아니었다고, 이 빌어먹을 바보 자식아"

라고 흐느꼈던 기억을 떠올렸어요. 잠시 후, 당신이 무너지는 표정으로 돌아섰고 나는 하루 대부분을 눈을 감은 채 지냈습니다. 눈을 뜨면 서러워하던 당신의 그 표정이 다시 떠오를까봐……

나는 오늘 약국에 들러 손목보호대를 골랐습니다.

○ 전치태반

의사에게 이런 말을 들었다.

첫째, 여행가지 마세요.

둘째, 가정행사 참여시키지 마세요.

셋째, 집안 대청소 시키지 마세요.

넷째, 빨래 한꺼번에 시키지 마세요.

다섯째, 마트 가서 배 당기면 그 자리에서 쉬게 하세요.

여섯째, 최대한 많이 누워 있게 하세요.

일곱째, 운동하던 것 그만두게 하세요.

산모는 현재 전치태반이에요.

○ 예비부모학교의 학생이던 날

오늘은 당신과 함께 예비부모학교라는 프로그램에 참여했지요. 분만교육과 신생아를 이해하는 과정을 교육받는 것인데, 당신은 몇 주 전부터 여기저기 인터넷을 통해서만 이 과정을 알아보다가 무슨 생각에서였는지 직접 강의를 들으며 프로그램에 참여해보는 과정에 접수를 했어요. 그러면서 나에게 남편도 함께 받는 것이 좋다고 참여할 수 있는지를 조심히 물었죠. 처음엔 조금 쑥스러울 것 같기도 했지만 나는 당연히 함께하겠다고 했어요. 당신은 처음엔 내 선택이 의외라는 반응이었지만 꽤 좋아하더군요. 사실 며칠 전 병원에 가서 태반이 아래로 내려가 있다는 부분 전치태반 판정을 받고 당신이 상당히 불안해한다는 걸 알았고, 나 역시 그러한 프로그램을 이해하고 있으면 생경하겠지만 앞으로 아기와 함께해야 할 우리 삶에 꽤 많은 도움이 되겠다고 생각했기 때문이에요.

그곳은 홍대에 있는 '탁틴맘'이라는 센터였는데 두시부터 예약된 과정이었죠. 전날 나는 연희문학창작촌에서 작업을 하다가 아침에 일어나서 준비하고 가면 되겠구나 싶었고, 우리는 그렇게 약속을 했죠. 하지만 나는 근 한 시간이나 늦게 도착을 하고 말았어요. 작업실에서 출발했을 때 비로소오늘이 주말이라는 것을 알았고, 차들은 이미 도로에서 빠져나가질 못하고 있었어요. 나는 아뿔싸! 싶었어요. '바보 멍청이 같으니라고. 이렇게 함께하는 프로그램은 시간이 정말 중요한 건데……' 나 자신에 대한 자책과 다급함이 밀려오기 시작했어요. 상황은 결코 내 편을 들어주지 않더군요. 막상 센터 앞에 도착했을 때는 주차공간이 없어 동네를 삼십 분씩이나 빙빙 돌아야 했거든요.

나는 땀을 뻘뻘 흘리며 센터 계단을 올라갔어요. 여자 신발들과 남자 구두가 가지런히 정돈된 신발장이 먼저 눈에 들어오더군요. 나를 제외한 이들은 아마도 나란히 함께 왔을 거예요. 실내화를 신고 나는 머쓱하게 행사장으로 들어갔죠. 남편들은 강사의 지도 아래 아내를 무릎에 눕히고 배를 만져주면서 무언가에 열심이어요. 나는 당신을 찾았지요. 멀리서 내가 오기만을 기다리며 입구만을 바라보고 있을 당신의 눈동자를 찾은 거죠. 난 당신의 눈동자에서 어린 시절 운동회 때 하루종일 교문을 쳐다보며 오지않을 부모님을 하염없이 기다리던 내 간절함의 순간을 재차 떠올릴 수 있었어요. 고맙게도 당신은 내게 미소 지어주었고, 혼자서 명랑하게 잘하고 있었다고 말해주었어요. 그러곤 내 손을 잡아주었죠. 나는 신생아를 대신해서 연습용으로 나누어준 인형을 안고 "미안해. 오늘은 연습이지만 앞으론 안 늦을게"라고 너스레를 떨었어요.

네 시간에 가까운 긴 시간이었지만 정말 내게는 귀한 체험이자 공부였어요. 나는 귀를 쫑긋하고 필요한 건 메모도 하고 녹음도 했죠. 분만할 때 통증을 줄이는 방법이랄지, 진통이 오면 준비해야 할 것이랄지, 수유과정에서 남편이 도울 수 있는 방법이랄지, 분만실에 들어가 남편이 해야 할 것이랄지, 긴급한 상황 판단에 대한 숙지가 얼마나 중요한지를 알면서 이 땅의 아버지들이 그동안 얼마나 산모가 아이를 갖고 출산하는 과정에 감정적으로만 참여했는지를 통감했죠. 무지로부터 오는 불화에 내가 참여했단 걸 나중에 알게 된다면 나는 정말 나 자신이 끔찍할 것 같았어요. 마지막으로 아이가 나오는 출산

자고 있어, 곁이니까

동영상을 보면서 나는 느꼈어요. 그러곤 생명에 대한 하나의
강렬한 영감을 받았죠.

  '이제 10주 정도 후면 나는 세상에서 가장 아름다운 모국어
문장 하나를 직접 듣게 된다. 이슬이 비친다는.'

○ 모유는 엄마의 흰 피란다

네가 태어나 처음 입술에 닿을 모유를 생각해본다. 넌 손가락을 빠는 것으로 열심히 젖을 빠는 연습을 해오고 있겠지. 이제 이 여름이 끝나갈 즈음 넌 모유를 먹으며 가는 눈으로 세상의 빛을 인지하기 시작할 거야. 네가 갓 태어났을 때 네 위는 콩만하다고 한다. 그래서 첫날엔 한두 방울의 모유만으로 배가 찬다고 해. 분만교육에서 아빠는 신비한 사실을 하나 알았어. 네가 밖으로 나오자마자 네 울음소리를 듣고 바로 엄마의 몸은 가슴으로 호르몬을 보내 너에게 보낼 젖을 준비한대. 어떻게 산모는 아기의 울음소리라는 신호를 듣고 몸에서 젖을 만들어내기 시작하는 순간을 알아차리는 것일까? 신기하지 않니? 엄마의 모유를 먹고 자란 아이들은 훨씬 건강하고 엄마와 정서적으로 유대관계가 좋아진다는 건 많이 알려진 사실

자고 있어, 곁이니까

이지. 그래서 엄마도 너에게 모유를 먹일 생각이란다.

네 할머니는 아빠도 모유를 먹고 자랐다고 하시더구나. 할머니는 아빠를 낳고 몸이 많이 안 좋으셔서 젖이 거의 나오질 않았대. 할머니는 아빠를 집에서 낳으셨지. 그땐 병원비가 꽤 비쌌나봐. 할아버지는 그때 먼 곳에 계셨다고 하더구나. 많이 바쁘셨나봐. 오래전에 일을 그만두시긴 했지만 할아버지는 나쁜 사람들을 잡는 직업을 가지셨단다. 아주 용기 있는 분이셨지. 이다음에 나는 너를 무릎에 앉혀놓고 네 할아버지와 할머니 이야기를 많이 해주고 싶구나. 다근다근 네가 내 품에서 잠이 들 때까지 말이야. 아빠는 할머니에게 안겨 모유가 아니면 입도 대지 않았다고 해. 할머니께서는 어릴 적부터 틈날 때마다 입버릇처럼 내게 그 말씀을 하시곤 했어. 마치 나에게 탄생에 대한 대단한 비밀이 있기라도 하듯 말이야. 그래서 지금은 그 말을 하나도 빼먹지 않고 모두 기억한단다.

"넌 모유만으로 자랐단다. 한 방울의 우유도 거부했지. 병든 젖도 마다하지 않을 만큼 악착같이 젖꼭지를 물고 놓아주질 않았어. 젖에서 피가 나오는 줄도 모르고 널 안은 채 잠들 때도 있었단다. 눈을 뜨면 넌 피가 흘러내리는 내 가슴에 입을 박은 채 잠들어 있었지. 그럼 난 네 코에 살짝 손가락을 갖다 대어보곤 했어. 혹시 네가 병든 어미의 젖을 먹고 어떻게 되지는 않았을까 걱정이 돼서 말이야. 내 손끝에서 네가 숨을 들이마셨다가 내뿜는 아주 작은 온기가 느껴지면 난 그제야 안심을 했단다. 네 입술을 젖에서 살며시 떼어낸 후 피가 흐르는 젖가슴을 닦았지. 네가 좀더 건강한 젖을 먹고 자랐다면 네 몸이 훨씬 크고 건강했을 텐데…… 하지만 네가 내 젖을 먹고 잠드는 동안 살짝 웃는 배냇짓을 할 때는 눈물이 절로 났단다. 널 어디로든 데려갈 수 있었어. 누구에게도 빼앗기고 싶지 않을 만큼 난 너를 사랑하고 있었거든. 넌 내 속에서 나왔으니까."

아가야, 모유는 엄마의 흰 피란다.

OJ, 그녀는 아주 작은 발을 가진 여자였습니다

J, 그녀는 작고 가지런한 발을 가졌습니다. 그녀는 늘 어린 내게 자신의 단정히 모은 두 발을 보여주며 발이 예쁜 여자를 고르라고 하셨죠. "애야, 여자는 이렇게 발 모양이 단정해야 한단다." 하지만 어린 나이에 나는 그것이 무슨 의미를 가지는지 알 수 없었어요. 다만 이다음에 내가 어떤 여자를 만나게 된다면 그녀와 닮은 발을 가진 사람을 만나라는 암묵의 합의에 동의하라는 뜻이라고만 생각해두었지요. 그것은 그녀와 나 사이의 친밀하고 다정한 합의였습니다. 하지만 사람을 만나 사랑하면서 나는 한 번도 그들의 발 모양 같은 것에 관심을 둔 적은 없었습니다. 자연스럽게 그 말을 잊어버린 것이었죠. 어쩌면 무의식중에 오히려 그녀와 닮은 발을 가진 사람을 만난다면 그 낯섦과 당혹스러움을 어떻게 해야 하나 앞서 두려

187

웠는지도 모릅니다.

J, 그녀는 자신의 몸 중에 가지런한 발 모양을 가장 아끼셨습니다. 그녀는 이따금 자신의 발등 위로 내 작은 발을 올려놓아보라고 하셨습니다. 그녀는 "저런, 내 발등에 새가 앉았구나!"라고 하시며 그것을 아주 좋아했습니다. 나는 그녀가 우울해할 때마다 그녀의 발등 위에 내 작은 발을 올려놓으며 자랐습니다. 그녀와 내가 함께 미소를 짓는 순간이 언제인가 기억하기 위해서는 그 순간을 떠올리면 됩니다. 나는 그녀가 두 발을 모으고 우두커니 방 안에 앉아 있을 때마다 둥긂에 대해서 많이 상상하는 소년이었습니다. 그녀는 어두컴컴한 방구석에서 이따금 입을 다물고 손가락 끝으로 자신의 발등 위에 무언가를 쓰는 듯했고 자신의 발을 따라 이어진 그 둥근 선을 따라가다 저녁밥을 태우곤 했습니다. J, 그녀는 아주 작은 발을 가진 여자였습니다.

그녀가 아주 많이 아프던 날, 햇살이 환하게 눈부시던 어느 아침, 그녀는 마당에 앉아 옷을 무릎까지 걷어올리고는 소녀처럼 어떤 화음을 흥얼거리곤 했습니다. 조금씩 부풀어올랐다가 희미한 상태로 끊어졌다 이어졌다 반복하는 그 노래를 우리는 잘 알아들을 수는 없었지만, 그녀가 간간 먼 곳을 건너가는 데 사용하는 노래라는 것쯤은 잘 알고 있었습니다. 그녀가 그 노래를 부르곤 할 때 우리는 그녀에게 숙제를 도와달라고 해서도 안 되었고, 종이비행기를 방 안에서 함부로 날리며 소리를 질러서도 안 되었고, 누이들과 머리채를 잡고 싸우다가도 서로 머리를 조용히 놓아주어야 했습니다. 그런 날 그녀는 우리들보다 자신의 그 고요를 더 사랑한 듯했습니다. "얘야, 사람에게는 방해받고 싶지 않은 작은 순간들이 있단다. 그리고 사람은 남몰래 자신만의 고요를 하나 만들기 위해 평생을 살고 있는지도 모른단다." 나는 그건 나비의 날개를 조심스럽게 만져보는 순간 같은, 잠든 누군가의 입술을 조용히 만져보는 것 같은 은밀한 적요라고 생각했습니다. 그녀에게 고요라는 단어는 아주 가벼워진 상태로 아주 무거운 망각 같은 것을 잊는 데 필요한 것이었습니다.

J, 아주 오래전 내가 아는 한 남자는 저녁에 집으로 돌아오면 그녀의 발등에 입술을 맞추던 습관을 가진 적이 있었습니다. 그는 자신의 그 습관을 좋아했습니다. 그녀는 그가 가진 수많은 습관 중 그것을 가장 아꼈습니다. 그런데 어느 날부턴가 그는 더이상 집으로 돌아와 그녀의 발에 입을 맞추지 않았

습니다. J, 언젠가 나는 어떤 문장 위에 "그는 그녀를 평생 등 뒤에서만 안고 잤다"라고 쓴 적이 있었습니다. 그것은 내가 그에게 만든 최초의 악의 같은 것이었지만 언젠가 나 자신도 그 악의에 가담하게 될 것은 아닌지 그 글을 다시 보면서 한참을 두려워한 적도 있었습니다. 그건 뭐랄까요? 지금은 그녀의 발보다 훨씬 커져버린 내 발이 그녀의 발등에 더이상 내려앉을 수 없는 새가 된 것처럼, 내 커다란 발등 위에 그녀의 작은 발하나를 올려놓고 잠드는 날의 악몽이랄까요.

그녀는 점점 더 아팠습니다. 시간은 그녀를 몰라보게 빠른 속도로 늙어가게 했습니다. 여기저기 주름이 생기기 시작했고 그녀에게서 점점 말을 앗아갔습니다. 하지만 그녀의 발은 여전히 고운 상태로 남아 있었습니다. 그녀는 남보다 많이 걸었고 열심히 일했지만 그녀의 발이 가장 천천히 늙어가도록 그녀는 매일 밤 자신의 발을 주물러주곤 했습니다. J, 사람에게 주술이 필요한 순간이 있다면 다른 발이 필요한 시간이라고 믿고 싶습니다. J, 이상하게도 한 여자를 만나고 헤어질 때마다 내가 가장 많이 이해해가는 것은 언제나 나의 어머니였습니다. 당신은 그것을 이해하실 수 있나요? 연민은 언제나 나와 가장 닮은 부위에서 생겨나는 참혹입니다. J, 당신은 지금 그 발로 내게 걸어온 분입니다. 당신이 내 발등 위에 작은 발을 올렸던 순간, 나는 속으로 당신에게 엄마를 부탁합니다.

2011년 7월 31일 일요일 33주차

당신은 젖을 가졌습니다. 당신의 젖은 한 아이를 위해서만
태어난 게 아닙니다. 당신의 젖은 지금 많이 부풀어올라 있습
니다. 당신의 유방에는 실핏줄들이 여럿 도드라져 있습니다.
당신은 지금 젖을 가졌습니다. 당신은 방에 앉아 젓갈색으로
변한 연약해진 유두를 마사지하고 있습니다. 당신은 아기가
젖을 잘 물 수 있도록 옷을 올리고 매일 유륜과 유두를 돌봅니
다. 유방에 울혈이 없는지 유선을 자극해보고 꼼꼼하게 돌봅
니다. 아기가 초유를 잘 먹을 수 있도록 아기가 젖꽃판 부분까
지 깊이 물 수 있을 정도로 잘 나오는지, 유두가 유방 속에 파
묻히지 않도록 유두가 평평해지지 않도록 당신은 목욕을 할
때마다 유두를 손가락으로 살짝 눌러 초유를 확인해봅니다.
초유는 유방으로 맑게 굴러떨어집니다. 지금 내가 보는 초유

는 배 속 아기의 중얼거림 같은 투명한 물방울입니다.

당신은 내게 초유는 아기에게 면역력을 높여주니까 아프고 힘들더라도 꼭 먹이고 싶다고 자주 말합니다. 인간은 소젖으로도 키울 수 있지만 소는 인간의 젖으로 기를 수 없다고 말합니다. 인간의 젖은 인간에게만 닿을 수 있는 '흐름'인가봅니다. 내가 잠들면 조심히 일어나 스탠드를 켜고 불빛 아래서 유륜을 살피는 당신을 압니다. 무엇이 당신을 자다가 문득 눈뜨게 했는지, 가슴에서 무슨 생명선이 움직였는지, 아기의 어떤 꿈이 당신을 찾아왔는지, 당신이 자면서 가슴을 중얼거리는 말들을 듣다보면 어리둥절하기만 합니다. 당신은 젖 뭉침 때문에 희미한 흐느낌 소리 속에서 돌아눕기도 하고, 길을 가다가 가끔 주저앉기도 합니다.

아기는 당신의 초유를 먹으며 당신에게서 들려오던 익숙한 심장 소리를 기억할 겁니다. 아기는 당신의 초유를 먹으며 눈을 감고 당신의 연한 머리칼 냄새와 부드러운 살냄새를 맡으며 잠들 겁니다. 아기는 당신의 초유를 먹으며 당신이 자면서 중얼거리던 잠꼬대를 떠올릴 겁니다. 아기는 당신의 초유를 먹으며 손가락을 빨던 시절은 이제 지났어, 라고 중얼거릴지 모릅니다. 아기는 당신의 초유를 먹으며 자신이 지금 먹고 있는 젖이란 단어의 냄새를 기억하려고 할 겁니다. 이다음에 자라서 그 단어를 공책에 남몰래 써넣을 날이 올지도 모릅니다. 아기는 당신의 초유를 먹으며 아기 고래처럼 숨을 끼룩거릴 겁니다.

어린 고래도 바닷속에서 젖을 빤다고 합니다. 어미의 몸은 큰 것은 30미터에 달하고 어린 것도 7~9미터로 무게는 최소 3천 킬로그램이나 나간다고 합니다. 어미의 젖은 바닷속에서 빠져나가지 않도록 체내에 있습니다. 어린 것이 젖을 빨 때만 젖은 밖으로 나옵니다. 어린 것은 호흡을 해야 하므로 주어진 시간 안에 젖을 먹어야 합니다. 수면으로 올라가 해면 가까이서 숨을 쉬어야 하기 때문입니다. 이런 방식으로 어린 고래는 하루에 몇 차례 젖을 빱니다. 하루 100톤 가까이 먹는다고 합니다. 1년이 지나면 어린 고래는 무게가 26톤 가까이 나가는 녀석도 있다고 합니다. 고래는 포유류입니다. 포유류는 젖냄새를 기억할 줄 아는 짐승입니다. 포유류는 자신의 생명이 다하는 날까지 자신의 울음소리에 태어나자마자 젖냄새를 찾고 그리워하던 첫 생명의 습속이 남아 있다는 것을 압니다. 포경선에 잡힌 어린 고래는 그물에 건져올려져 숨을 헐떡이며 입에서 엄마 젖냄새를 떠올리며 숨이 멎어 죽는다고 합니다. 멀리 있는 바닷속 엄마에게 끊임없이 구해달라고 초음파를 보내면서…… 갑판 위에 흰 젖을 토한다고 합니다.

　욕실로 들어가 세균에 감염되지 않도록 유두를 씻어내는 당신이 있습니다. 당신은 젖몸살이 무엇인지 아직 몰라서 친정어머니에게도 물어보고 아이를 낳은 친구들에게도 물어봅니다. 유두가 갈라지거나 통증이 생기지 않도록 혼자서 수유패드와 수유쿠션으로 연습을 해보기도 합니다. 유축기 사용법을 미리 봐둡니다. 나는 하루 한 번 조심히 당신의 젖을 만져주는 사내입니다. 당신의 젖샘 가까이에 내 삶이 거의 도달해 있습니다. 당신은 이제 엄마입니다.

○ 모성의 정의

아기에게 충분히 빨린 젖꼭지는 놀랍도록 수축되지만 점점 부드러워진다.

모성은 그런 것이다.

아기는 젖꼭지가 뺨에 닿으면 반사적으로 입을 가져간다. 그걸 루딩반사라고 한다.

이것도 모성이다.

자고 있어, 곁이니까

○ 분홍색 욕조를 구입했습니다

오늘은 산후조리원에 가서 유리문 밖으로 신생아들을 물끄러미 바라보았습니다. 아기들이 작은 열매처럼 벙긋벙긋 열려 있었습니다. 산후조리를 하는 산모들은 수유 시간이 되면 자신의 아이를 찾아 품에 안아들고 수유실로 들어가 젖을 먹이곤 했습니다. 둥근 젖에서 아이의 살과 피 속으로 엄마의 맑고 하얀 혈액들이 흘러내려가곤 했습니다. 간혹 아기들이 엄마의 유두를 힘차게 빨 때는 엄마들은 마치 이런 경험이 너무나도 선연하고 아련하다는 듯이 혹은 작은 벌에 쏘일 때처럼 "아야" 하는 소리를 내곤 했습니다.

이제 갓 출산을 하고 조리원으로 온 산모들의 얼굴에는 우리가 알지 못하는 수많은 산과 언덕과 벼랑을 넘어온 산악인의 모습처럼, 피부가 거칠면서도 눈동자는 빛나는 풍경이 있었습니다. 산모들의 가슴은 모유로 가득해 풍성해 보였지만 손가락과 발가락은 동상에 걸린 사람이나 산사람의 것처럼 퉁퉁 부어 있었습니다. 하지만 어떤 산모도 자신의 아기에게 피로를 호소하지는 않습니다. 간혹 눈을 뜨고 젖을 빠는 아기와 눈을 마주치면 산모의 눈동자에는 그렁그렁한 눈물이 금방 맺혀버립니다. 나는 그런 풍경들을 유리문 밖으로 훔쳐보다가 문득 가만히 다가가 아기의 발가락을 한번 만져보고 싶다는 달큼한 유혹을 뿌리치곤 하였습니다. 저 발가락에 입맞춤을 할 수 있는 사람은 따로 있기 때문입니다.

나도 곧 내 아기의 발가락에 입을 맞출 것입니다. 집에 오는 길에 신생아용 욕조를 하나 사야겠다고 다짐했습니다. 어떤 색이 좋을까? 질감은 딱딱하면 안 될 텐데. 사기가 좋을까? 유리가 좋을까? 플라스틱이 좋을까? 나는 욕조를 참 좋아하지만 내 아기의 욕조를 고르는 시간이 내게 허락될 줄은 꿈에도 몰랐습니다. 하긴 이런 꿈을 어릴 적에 꾸었다면 이상한 성장통을 겪어야 했을지도 모르지요. 나는 분홍색 욕조를 구입했습니다. 1미터도 안 되는 사기로 만든 작은 욕조입니다. 따뜻한 물을 미리 받아놓고 욕실로 들어가 함께 알몸이 되어 조그마

자고 있어, 곁이니까

한 욕조에 내 아기를 담그고 씻어주며 장난을 치는 상상을 해
봅니다.

아아, 물방울 하나하나가 우리 아기에겐 엄청 커다란 장난
감이 되겠지요? 아아, 우리는 비누 물방울 속으로 들어가 욕실
을 떠다닐 겁니다. 빈 욕조에 따뜻한 물을 받아두고 오늘은 여
기서 뛰어놀 아기의 작은 발가락들을 상상하며 내 발등을 담
그고 앉아 있지만요.

○네가 살아갈 세상이란 말이지

네가 태어날 지금 이 세상은 첨단의 세계란다. 화려하고 복잡한 연결망을 가지고 있는 혼종의 세계란다. 네트워크 기술과 정보로 연결되지 않은 곳이 없을 정도로 우리는 서로 연동(메타)되어 있다. 메타학습, 메타독서…… 아마 앞으로 태어날 복제 아기들의 이름 앞에 메타를 성처럼 붙이는 시대가 곧 도래할지도 모른다. 우리의 일상과 업무, 정보, 심지어 사생활까지 연결되어 있어 사람들은 엄청나게 편리하고 화려하며 유능한 시대를 만들어가고 있단다.

사람들은 아침에 눈을 뜨면 스마트폰을 통해 하루의 일정을 확인하고 카카오톡에 뜨는 친구들의 지난 밤 함께하지 못했던 클럽 데이 풍경을 확인한단다. 한 번도 만날 일이 없겠지만 다른 나라의 대통령이 어제 어디를 방문했는지, 우리나라의 주가가 옆 나라보다 얼마나 곤두박질하는지, 밤사이 일어난 연예인의 스캔들을 보면서 도덕적으로 자신의 우월함을 확인하고 싶어 희열을 느끼며 비난한단다. 그리고 지하철에 올라타면 다시 어느 지역에서의 전쟁이 지금 이 시간 우위를 점하고 있는지, 유사 이래 한 번도 전쟁이 사라지지 않은 시대를 지속시켜나가는 인류의 강인한 의지를 생중계로 멀티캐스팅한단다. 남의 나라에서 일어나고 있는 전쟁은 더이상 상상의 영역이 아니라 스마트폰이나 아이패드를 터치하면 실시간으로 볼 수 있는 편리한 시대란다. 폭탄이 투하되고 사람들이 인질로 끌려가는 것을 영화처럼 실감나게 보면서 우리는 피를 보지도 않은 채 참혹한 피냄새를 맡을 수 있게 되었단다.

어딜 가더라도 우리는 위성 위치 확인 시스템과 와이파이로 길을 잃지 않는다. 내셔널 지오그래픽 프로그램은 늘 예고편으로 더이상 인간의 발길이 닿지 않는 곳은 없다고 자신들의 개척 능력과 오지 파악 능력을 자랑하기 바쁘단다. 길을 잃지 않고 이 사회에 참여하는 인간이 되기 위해선 나침반보다 스마트폰 업데이트에 신경을 써야 한다는 얘기겠지. 즐겨찾기로 끊임없이 새로운 사이트에 가입을 하면서 자신의 정체성을 확인하게 되었지. 그리고 휴가철엔 낯선 사막으로 달려가 황량한 늑대의 울음소리를 들으면서 노트북을 열고 가면을 쓴 먼 나라의 테러리스트가 인질을 옆에 세워두고 자신들의 나라에 관여하지 말라며 발표한 협박문을 동시에 볼 수도 있게 되었지. 어찌되었건 어디에 있어도 우리는 현재 경제협력개발기구에 속해 있고 세상 돌아가는 포털 뉴스는 보고 살아야 하니까.

우리는 슬픔도 철저하게 공유할 수 있단다. 페이스북에서 아기를 조선족에게 도난당한 이야기를 보면서 끔찍하다고 서로 메시지를 주고받고 의견(덧글)을 단단다. 하루아침에 네 덧글이 검색어 순위에 올라 넌 유명인이 될 수도 있고, 네가 어디에서 무엇을 했는지 네 신상은 훌훌 털리고, 네가 알던 누군가의 사생활이 음모론으로 변해가 그가 옥상에서 뛰어내리는 기사를 볼 수도 있게 되었지. 그렇지만 아기야, 이 친절하고 유연한 시대는 애경사에 직접 가지 않아도 되게끔 만들어졌단다. 스마트폰으로 결제한 꽃을 결혼식에 배달시킬 수도 있고 지인의 생일이나 명절 땐 친척과 가족에게 케이크 대신 선물교환권을 문자메시지로 줄 수도 있으니까. 거지나 부랑자도 24시간 ATM 앞에만 있으면 24시간 돈을 뽑는 사람 앞에서 구걸이나 동정을 구할 수도 있는 그런 시대가 되었으니까. 여행에서 돌아오자마자 점심에 무엇을 먹을지 트위터를 통해 추천받을 수 있고 차를 타고 내비게이션에 위치를 입력하면 한 번도 만나보지 못한 목소리의 여자가 쉰 목소리 한 번 내지 않고 몇 년이고 친절하게 방향을 일러줄 것이며, 목적지에 도착했을 때에는 자동으로 꺼질 줄도 알아 더이상 혼자 있는 시간을 방해하지 않고 귀찮게 하지도 않을 거다. 내비게이션의 주인공 여자의 목소리 질감은 어쩌면 이 시대에 가장 적합하고 필요한 보이스 퀄리티를 표본으로 하고 있을지도 모르겠다. 고도의 무감각, 무심함, 절대 개별자에게 밀착하지 말 것, 같은 브리핑을 신입사원들은 준비하게 되었지. 그래서 농담처럼 남자들은 술자리가 끝나기 전 더치페이를 하면서 이 세상에 믿어야 할 여자 목소리는 내비게이션과 엄마 목소리밖에 없다고 하게 된 것도 같다.

　자동차의 연비 못지않게 가계부에 랜Lan 연비를 아껴야 하는 시대가 오고 있단다. 아가야, 우리는 어디에도 우리의 삶을 숨길 수 없을 만큼 연결되어 있지. 네가 어디서 무엇을 하든지 나는 너를 찾아낼 수 있고 네가 어디서 나를 필요로 하든지 나는 너에게 원하는 것을 택배로 보낼 수 있단다. 심지어 네가 낯선 곳에서 인질이 되어 잡혀 있다고 하더라도 나는 네 숨소리까지 위성으로 확인하고 있을 테니 앞서 걱정할 필요는 없단다. 네가 그곳에서 몰래 책상 아래 엎드려 네 스마트폰을 열고 확인해야 할 것은 범인의 총기 성능이거나 아니면 우리나라 국가경쟁력 수치나 국방력의 위상 수치일 확률이 크다. 자극적이고 뜨거운 곳이라면 끝까지 쫓아가서 제 화학성분을 꽂을 기세를 하고 있는 사이드 와인더(열추적 미사일)처럼 이렇게 미디어는 늘 노력하고 있다.

아가야, 네가 태어날 세상은 네가 어디든 가 숨도록 쉽게 놓아주지 않을 것이다. 그것이 참여이고 연대라고 믿는 세상에서 우리는 살고 있으니까. 이 세계의 DNA는 서로 충분히 흡수하고 있지만 언제나 더 많은 연결을 필요로 하므로 나는 지금 내가 듣고 있는 네 태동과 숨소리를 바깥세상의 SF로 연결해주고 싶은 생각이 추호도 없단다.

○ 배냇저고리를 짓고 있는 당신

산달이 다가오자 당신은 얼마 전부터 아기의 배냇저고리를 직접 바느질하고 있습니다. 아기는 자궁 안에서 자신이 입을 배내옷의 고운 냄새를 맡고 있겠죠. 나는 당신이 가득 불러온 배로 소파에 앉아 바느질을 하는 걸 보면 이상하게 눈이 그렁그렁해집니다. 배냇저고리는 아기가 태어나자마자 입을 옷인데, 아마도 배 속과 가장 닮은 옷이라는 뜻일 테지요. 배냇저고리, 배내잠, 배내털, 그 말들 참 따뜻한 멀미를 안겨주는 말입니다. 한 땀 한 땀 바늘이 들어가고 나오는 걸 보고 있으면 이 세상 여성의 모성이라는 것은 생후에 길러지는 것이 아니라, 자신이 태아로 태내에 있을 때부터 만들어진 자신의 자궁 안에 마련된 생에 대한 존엄한 태도 같아 보입니다.

그래서인지 이따금 자궁을 고스란히 내어버린 내 어머니를 볼 때마다 자신이 잃어버린 그 공간까지도 정답게 만드는 무엇이 그녀에게는 있다는 생각이 듭니다. 고백하자면 오랫동안 내 삶은 어머니의 몸속에 둘레만 남았을 빈 터를 맴돌고 있는, 일종의 감정의 분위기 같은 것이었습니다. 내가 숨 쉬었고 내가 꿈꾸었고 내가 어머니의 심장 소리를 들으며 눈을 뜨곤 하던 그 세계가 지금은 이 세상에 전혀 존재하지 않으니까요. 그녀가 눈을 감기 전부터 이미 나는 내가 처음 존재했던 그 공간을 잃어버렸다고 생각하면 나는 그녀와 내 몸을 연민하지 않을 수 없습니다. 나는 그 슬픔이 내 몸을 가리려고 할 때마다 인간의 얼굴을 하려고 애씁니다.

우리가 준비한 출산용품들을 살펴봅니다. 신생아 우주복, 기저귀, 우유병, 젖꼭지, 유축기, 소독기 세트, 속싸개, 포대기, 담요, 거즈, 체온계, 어린 비누, 어린 로션, 어린 오일, 타월, 그리고 아기의 귀로 들어갈 작은 솜털 면봉들, 아기 욕조…… 작은 방의 한켠에 쌓여 있는 이것들 모두가 그렁그렁합니다. 대부분이 지인들에게 물려받거나 얻은 것들이죠. 그래서인지 더욱 다정하기도 합니다. 보통 남의 손을 탄 것들에 대해 나는 정을 잘 주지 못하는 편인데 아기용품들은 그이들에게도 보

자고 있어, 곁이니까

낭처럼 하나하나, 한 올, 한 올, 섬세하고 부드러운 결들로 선택되어진 것들이라는 생각에 안심이 됩니다. 물론 우리가 이런 것들을 새로 장만할 만큼 충분히 유복하지 않은 탓도 있지만 말입니다.

  흰 면에 바늘 하나가 들어갔다 나왔다 하는 자리를 바라보고 있습니다. 그 자리와 나는 지금 동반자입니다. 이 말을 듣고 양수 속에서 아기가 눈을 살며시 뜨고 웃고 있는 게 느껴집니다. 당신의 바느질을 보며 짓는 아빠의 미소 또한 배냇짓이라고 말하는 듯이……

○ 손싸개와 발싸개

여기에 아기의 작은 손이 들어가겠지요?

여기에 아기의 작은 발등이 들어가겠지요?

가만히 내 손가락들과 발가락들을 넣어봅니다.

내가 한 번 넣어보고,

당신이 한 번 넣어봅니다.

우리의 손과 발등을 나누어 닮은 시간들을 마중 나가듯

이……

자고 있어, 곁이니까

○ 장난감 가게를 지나치며

지하철 개찰구를 나와 약속 장소에 서서 누군가를 기다리는데 문득 장난감 가게가 보였습니다. 아이들이 천진하게 장난감을 가지고 놀고 있었지요. 장난감을 사달라고 부모를 졸라대는 녀석도 보였고 오로지 노는 일에만 집중한 채 부모가 어디로 가는지도 궁금해하지 않는 아이도 보였습니다.

무엇보다 내 눈엔 가게 유리문 밖에서 장난감을 가지고 놀고 있는 아이들을 물끄러미 바라보는 한 아이가 앞서 들어왔습니다. 대여섯 살로 보이는 사내아이는 왜 가게 안으로 들어가지 않는 걸까? 누가 저 아이를 가게 안으로 들여보내지 않았을까? 물건을 구입하지 않아도 다른 아이들처럼 마음껏 장난감을 가지고 놀 수는 있을 텐데, 몇 시간이고 놀다보면 금방 질

려 처음의 마음이 사라지기도 할 텐데 무엇이 저 아이로 하여
금 가게 입구의 문을 열지 못하도록 막은 것일까? 나는 두리번
거리며 혹시 저 아이의 부모가 근처 어딘가에 있는 것은 아닐
까 확인해보았습니다. 십여 분이 지나도 아이의 부모로 보이
는 사람은 나타나지 않았습니다.

한참이 지난 후에야 나는 아이의 아버지로 보이는 한 사내
를 만날 수 있었습니다. 둘의 얼굴이 너무나 닮았기 때문에 금
방 알아볼 수 있었지요. 유리문 앞에서 손가락으로 열심히 장
난감들을 가리키며 무언가를 중얼거리고 홍얼거리며 놀던 아
이는 등뒤에 선, 자신의 눈앞 유리에 비치던 아버지를 알아보
았습니다. 그러자 아이는 마치 자신에게 아무 일도 없었다는
듯이, 아버지를 기다리는 일에만 집중을 하고 있었다는 듯이,
태연하고 의연하게 장애를 가진 아버지의 휠체어를 밀고 급
히 사라져버렸습니다.

그 아이는 어디로 간 것일까? 어느 장난감 가게 앞에 서서 또
아이는 아버지를 기다리는 것은 아닐까? 고개를 제대로 가누
지 못하고 침을 흘려가며 알아들을 수 없는 발음으로 아이에
게 무언가를 중얼거리는 그 아이 아버지의 두 손엔 털 빠지고

자고 있어, 곁이니까

닳아 해진 곰인형이 하나 쥐여 있었습니다. 나는 갑자기 이 세계가 하나의 고약한 장난감처럼 보였습니다.

○ 늘어, 라는 말은 자라나는 말

아내가 철분주사를 맞고 왔습니다. 철분주사는 뼛속으로 바로 침투하기 때문에 굉장히 아프다고 했습니다. 다행히 태반이 자리를 다시 잡았다고 했습니다. 아내의 체중은 10킬로그램이 늘어 62킬로그램에, 혈압은 118/64. 아기의 머리 크기는 평균보다 1.2일 정도 앞선 크기이고 몸은 날씬한 편이고 다리 길이는 평균이며 며칠간 아이는 하루에 몇백 그램씩 체중이 늘 거라고 했습니다.

의사는 다음주를 기대해본다고 했습니다.

○아기 침대

네가 우리집에 처음 와 이 침대에 누울 날을 생각해보았단다. 그날 밤 나는 잠을 제대로 자지 못한 채 널 살펴보고 있겠지. 그렇게 상상하던 네 몸의 작은 심장 소리며 숨소리며 살냄새를 실감하겠지.

이 침대에서 네가 일어나서 걷기 시작하고 뛰기 시작하고, 그리고 언젠가 네가 이 침대를 더이상 기억도 하지 못할 즈음엔 내가 이 세상에서 사랑하는 것들을 조금씩 너에게 알려주려 하고, 네가 이 세상에서 무엇보다 소중하게 여기는 순간들을 너에게 조금씩 느끼게 해주고 싶어 안달이겠지.

그건 다름 아닌 네가 여기에 누워 있는 동안에 모두 네게 일어난 일이라는 것을……

당신은 아기를 낳기 전 배 부른 모습을 남겨놓고 싶다고 알
몸의 만삭 사진을 찍어두기를 원했습니다. 침대에 누워 아기
와 함께 처음 찍는 사진이었을 텐데 그 순간 무슨 생각이 나던
가요?

당신은 지금 당신이 사는 동안 가장 아름다울 체위와 체모
와 체내를 가졌습니다. 가려진 커튼 사이로 빛이 내려와 당신
의 몸을 어루만집니다. 아기의 눈빛이 그 빛을 알아보고 잠시
실눈을 뜨는 듯합니다.

당신은 지금 만삭입니다. 만삭이라는 단어가 얼마나 아름
다운지 모릅니다. 만삭이라는 단어를 상상하면 당신의 배에

달이 가득 차 있다는 느낌이 듭니다. 나는 매 순간 그 달에 섬세하게 귀를 기울이는 사람입니다. 당신은 매일 밤 배에 가득 찬 달을 만지며 무언가를 중얼거립니다. 당신의 달 속에서 우리 아기가 밀물처럼 쓰르륵 밀려왔다가 밀려나가는 모양입니다. 눈이 맑은 사람이라면 아내의 만삭인 배를 들여다보며 흐린 달빛을 짐작하기도 할 겁니다.

당신이 만삭이라서 나는 다행입니다. 나는 만삭인 당신의 배를 좋아합니다. 집에 들어와 제일 먼저 이 달을 만져보는 느낌을 아무에게도 설명할 수 없습니다. 이 달에 귀를 대면 꾸루룩 어디론가 물이 흘러가는 소리랄지, 느리게 풍선이 날아가는 소리 같은 것이 들려옵니다.

달 속에 가득 차 출렁거리는 아기는 해보지 못한 여행이 없을 것이고 다다르지 못한 곳이 없을 것입니다. 만삭인 당신, 만월로 가득 찬 당신, 희미하지만 언제나 떠나지 않는 달 옆의 달무리처럼 내가 당신의 옆에 꼭 붙어 있겠습니다. 만월인 당신 옆에 지금 이런 둘레를 가진 사람은 나뿐일 테니까요. 나는 당신 옆에서 다른 우주로 흩어지지 않는 달무리입니다. 찰칵!

○마지막 내진

아내가 마지막 내진을 받았습니다. 아내는 이제 더이상 내진이 없다고 생각하니 마음이 편하다고 했습니다. 그도 그럴 것이 아무리 자연스러운 과정이라고는 하지만 자신의 자궁에 타인의 손가락이 들어가는 시간이 그리 유쾌하지는 않았을 테니 말입니다. 물론 아이는 그 손가락을 금방 알아보고 피했지만. 의사는 이제 며칠 이내에 진통이 올 거라고 했습니다. 하루, 하루, 대기해야 한다고 했습니다.

○가진통

네가 나올 준비를 하고 있다는 걸 알아.

네가 겁먹을 때마다 엄마도 그걸 고스란히 느낀단다.

네가 겁을 먹고 숨을 멈추고 있으면 엄마는 겁이 더 날 거야.

불안해하지 마렴. 너도 엄마도 잘 해낼 거야.

당신이 처음 내 아이를 가진 것 같다고 살며시 말해주었을 때 그 표정을 잊지 못합니다. 당신은 어린 시절 뒷산에 올라 처음 산딸기를 먹어보았을 때의 감정을 이야기하는 것처럼, 두렵지만 설렘에 가득한 발음들을 골라 아주 오랫동안 암송해온 어느 시 구절을 나에게만 살짝 이야기해주겠다는 듯이, 쑥스럽지만 상냥하고 온기에 가득 찬 표정으로 내게 다가와 입술을 옴지락거리며 그 소식을 알려주었지요. 나는 잠시 동안 멍했습니다. 들고 있던 풍선을 놓쳐버린 소년처럼 말이지요. 순간적으로 떠오르는 몇몇 내 눈 속의 등장인물들이 아련했지만 나는 말없이 당신을 안아주었습니다. 그리고 나는 어느 영화 대사처럼 "이제부터 우리가 서로 안으면 셋이 안고 있는 거네"라고 말했지요.

자고 있어, 곁이니까

○ 진통, 오후

아가야,

지금 네 몸은 우리의 숨결에서 생겨난 거란다.

우리의 숨결이 네 몸 곳곳에 붐벼 있는 거야.

네가 엄마의 배 속에서 숨을 쉬기 시작할 때

엄마의 입으로도 네 숨냄새가 올라오고 있단다.

좁은 공간에서 몸이 조이고 숨 쉬기가 곤란하지?

많이 힘들 거야.

하지만 조금만 힘내자. 이제 거의 다 도착했어.

네가 태어나면 우린 네 알몸에 따뜻한 수건을 대어줄게.

네 몸에 코를 대보면 우리의 숨냄새를 알아볼 거야.

순한 짐승들이 갓 나온 어린것을 혀로 핥아주듯이 말이야.

아가야, 이제 우린 같은 숨냄새를 가진 사이란다.

○분만실 문이 닫혔습니다

당신은 분만실로 들어가기 전 내게 말했습니다.
"예쁜 아이와 함께 건강하게 나올게. 기도해줘……"

당신이 분만실로 들어가고 나서야 나는 말했습니다.
"여기서 기다릴 거야. 이 문 앞에서, 한 발자국도 움직이지 않은 채, 둘이 함께 나올 때까지, 한 명만 나오면, 나머지 한 명이 나올 때까지, 평생, 기다릴 거야."

분만실 문이 닫혔습니다. 아내는 이제 곧 자궁문을 열고 아이를 마중하러 나가겠지요. 마치 나는 내 심장 소리를 태어나서 처음으로 듣는 것만 같습니다.

자고 있어, 곁이니까

몇 개월 동안 나는 하루에도 몇 번씩 내 아이의 눈을 상상하며, 내 아이의 목소리를 상상하며, 내 아이의 작은 손가락들과 발가락들을 상상하며, 일상을 마련해왔습니다. 그건 분명 언젠가는 내 원고의 몇몇 구석을 빌려 살게 될 작은 곁방이 되거나 내 원고로 만들어가는 또다른 태내가 될 것이라는 생각이 듭니다. 나는 보이지 않는 아이의 호흡을 상상하며 보이지 않는 상상력을 아기의 호흡으로 바꾸어가며 살아가고 있습니다. 나는 요즘 이 호흡이 무척이나 마음에 듭니다. 그게 제대로 된 시가 되는지는 모르겠으나, 나는 무언가에 대해 애쓰고 있는 것만은 분명합니다. 모두가 겪었다고 하더라도 나에게 와서 홀로가 된, 나 외에 아무도 참여해본 적 없는 이 감정의 질서 말입니다. 그걸 아직까지 세상에 한 번도 가담한 적 없는 책임감이라고 해도 좋고, 아이를 갖기 시작한 한 사내의 연약하고 소심한 시심이라고 불러도 상관없을 듯합니다.

　한 번도 닿아본 적 없는 먼 곳의 이야기에 나는 거의 도착한 것 같습니다. 아이는 곧 태어납니다. 이 명징하고 물리적인 감정의 사실이 정확하게 과학에 닿았을 때 우리 아이의 울음은 세상의 한 요람을 차지하게 되겠지요. 나는 그 작은 요람을 흔들며 세상에 존재하지 않는 언어의 뒤편에서 저물던 나의 처량과 한심을 잠시 숨기고 살아도 좋을 것 같습니다. 미력하지만 나의 문장들은 그 아이의 호흡에 따라 출렁거릴 것을 믿고 있습니다. 아이는 우리가 만든 호흡이라지요. 나는 요람을 흔들며 그 곁에서 잠드는 사내가 될 것입니다. 나는 요람 속을 들여다보며 수많은 물장구들이 되어 아이의 눈동자에 첨벙첨벙 뛰어들 것입니다.

당신은 하루에도 몇 번씩 내 아이의 눈동자를 반 보고, 다시 나의 눈동자를 반 보고 미소 지을 것이고, 나는 내 아이의 첫 울음소리를 아주 오랫동안 기억하기 위해 살아가는 사람처럼, 무언가를 회복하기 위해 애쓰는 사람처럼, 그 아이의 눈동자에서 태어나는 오존을 우리를 보호해주는 영혼으로 믿어 나갈 것입니다. 지금 그 아이의 눈동자가 당신의 배 속에서 어느 이름 모를 궤도를 지닌 채 떠 있을지 궁금합니다. 그 세상의 모든 것은 점점 현혹적인 것으로 변해가고 있지만 다행히 인간은 아직 그리움을 잃는 짐승들이라지요. 자신의 눈을 그리워하며 살다 가는 짐승은 인간뿐이라는 이 적요는 잠시 갈피에 숨겨두는 게 좋을 듯합니다. 아이의 눈동자에서 점점 생겨날 시력의 한순간으로 나는 이 글을 써나가고 있습니다.

나는 내 아이의 눈을 상상하며 어머니가 내 눈을 상상하던 날들을 자주 떠올려보곤 했습니다. 나는 어머니에게 그 시절에 대해 이제야 응답할 수 있을 것 같습니다. "어머니 아직까지도 내 눈동자는 어머니의 심장 소리를 듣고 눈을 뜨고 아직까지도 어머니의 심장 소리를 따라 세상을 마중 나가는 것 같아요." 그 아이는 빛에 반응하여 눈을 뜨는 것이 아니라 소리에 반응하며 눈을 뜨는 법을 배웠다지요. 이제 조금 후면 우리의 아이가 태어납니다. 우리 아이의 눈동자가 세상을 다른 눈으로 태어나게 할 거라는 기도와 믿음으로.

○우리 셋이 나누어 하는 숨쉬기

그녀가 거칠게 숨을 몰아쉬고 있습니다.

아이가 머리를 밀고나오려는지

그녀는 너무나 고통스러운 얼굴로 입을 벌린 채

내 아이의 숨냄새를 뱉어내고 있습니다.

그러면서도 아이가 숨을 쉴 수 있도록

다시 숨을 마셔 아이에게 전해주고 있습니다.

나는 그녀의 손을 잡아주며 함께 숨고르기를 하고 있습니다.

우리 셋이 나누어 하는 숨쉬기를

일찍이 나는 경험해본 적이 없어요.

몇 번이고 나는 화장실에 가서 수건을 빨며

볼 아래 흐르는 뜨거운 눈물을 닦았습니다.

당신이 너무나 가엾고 아이가 너무나 가엾고 우리가……

자고 있어, 곁이니까

진통이 올 때마다 그녀는 허리를 들어 숨을 뱉으며

내 손을 으스러지도록 잡고선

"이렇게 평생 내 손을 놓지 말아줘……"라고 말합니다.

나는 잠시 혼절한 그녀의

이마를 닦아주고

목을 닦아주고

발을 닦아주며

고개를 계속 끄덕이는 것밖에 해줄 게 없었습니다.

○ 매 순간 태어나는 생명이 너였음을

머잖아 네가 세상으로 나올 길에 대해 생각해본다. 엄마는 가능한 한 의연하려고 노력하고 있단다. 그렇지만 쉽지는 않을 거야. 태어나서 처음 겪는 경험일 테니 무척이나 두렵고 불안한 상태겠지. 하지만 그동안 너와 무수히 많은 이야기를 나누었을 테니 지금부터 네가 엄마를 좀 도와주면 좋겠구나. 엄마도 네가 산도를 통해 건강히 나올 때까지 널 도울 테니. 그동안 익숙했던 공간일 텐데 많이 아쉽기도 하겠구나. 너와 한 몸이었던 그 공간을 이제 너도 분리해서 생각해야 하는 시간이 곧 오게 되겠지. 그건 많이 쓸쓸하고 공허한 일이기도 하지만 누구나 태내를 벗어나는 순간, 자신의 육체이자 말더듬의 공간이었던 그곳이 비어 있음을 체감하고 사는 게 삶이아니겠니. 어둠 속에 누워 잠들기 전 문득 "이제 그곳은 비어 있구나……" 이렇게 중얼거릴 수밖에 없는 거지. 그래서 공허함이라는 단어는 어떤 생물성보다 근원이지.

그곳은 침묵의 시절로만 대답할 수 있는 곳이므로 더욱 우리의 삶을 스산하게 만들기도 한단다. 그곳을 무어라 호명해야 우리가 아직 메아리를 가지고 있다고 할 수 있을까? 인간은 어떤 식으로든 답해보려고 노력해왔단다. 인간은 어떻게든 그곳을 달아나보려고도 했고, 인간은—특히 예술가들은—어떤 대가를 치르든지 자신이 있던 그 공간을 여전히 드나들고 싶어한단다. 하지만 자신의 탄생에 대한 우리의 질문은 여전히 허약하기 짝이 없지. 우리가 품었던 질문들이 우리 자신에게로 다시 돌아오듯이, 우리의 눈동자가 만들어졌던 그 시간들을 우리는 이제 바깥에서 찾고 있으니까. 과학과 사회는 생명을 연장시키는 데 많은 노력을 해왔지만 인간의 생명이 왜 캄캄한 곳에서 시작되었고 우리의 생명이 끝끝내 어디로 가는 것인지에 대해서는 여전히 캄캄할 뿐이란다. 그러니 지금, 자궁으로 들어간 최초의 빛은 우리의 눈동자가 되었다고 믿을 수밖에. 그런 면에서 밖으로 나와 신체가 되었지만 우리의 눈동자는 아직 체내라고 불러야 하지 않을까.

아가야, 네 태동을 꾸준히 들어보고 만져보고 지켜오면서 나는 자주 욕조에 앉아 내 몸을 들여다보고 킁킁거려보곤 했단다. 내 몸에서 이제 네 엄마의 냄새가 나질 않는다는 사실이 갑자기 이해하기 어려워졌거든. 어쩌면 그 막막한 질문들 앞에서 매 순간 태어나는 생명이 너였다는 것을 고백해야 할 것 같구나. 곧 태어날 네 몸에는 엄마의 몸냄새가 오랫동안 배어 있겠지. 엄마는 그 냄새로 널 알아볼 것이고, 너 역시 냄새를 통해 엄마를 본능적으로 알아볼 거야. 그리고 안에서 나누었던 무수한 태담들로 삶이라는 가냘프고 우스꽝스러우면서도 비난만 할 수는 없는 이야기를 만들어가겠지. 너 역시 네 안에 최초로 존재했던 창조성 때문에 괴로워할 날이 올 것이고, 너 역시 네 안에 최초로 존재했던 수치심으로 인해 삶이 어려운 것이 되어가는 경험도 분명 하게 될 거란다. 그렇지만 아가야, 삶에는 아직 산소가 많이 남아 있단다. 나는 그걸 무어라고 불러야 할지 아직도 헤매고 찾아가는 중이지만 말이다.

아가야, 지난 시간 동안 나는 네 몸을 엿듣는, 네 몸에 깃들어 사는 생명체가 아니었나 싶구나. 그 과정이 나에겐 하나의 산도 같았다는 생각마저 불쑥 드는구나. 나는 아직 내 산도를 완전히 빠져나오지 못했다는 어떤 비의와 더불어.

자고 있어, 곁이니까

지금 이 긴박한 순간에도 나는 산도에 대해 생각해보는 중
이란다. 양수 안에서만 지내다가 마지막 관문인 좁고 딱딱한
산도를 통과해야 할 테니까 너도 겁을 먹은 듯이 몸을 움츠리
고 있는 게 당연하겠지. 엄마처럼 너 역시 한 번도 경험해보지
못한 출구라는 걸 안다. 그러나 엄마의 숨과 네 숨이 합쳐진다
면 네가 그 좁은 곳을 빠져나올 때 큰 힘이 될 거라고 믿는다.
엄마도 너도 산도를 통과하기 위해서 할 수 있는 건 숨쉬기 이
외에 아무것도 없지 않겠니. 그건 엄마에게나 너에게나 이제
안의 숨을 버리고 밖의 숨을 들이마시는 첫 호흡일 테니까. 동
물들이 갓 태어난 자기 새끼를 핥듯이, 엄마도 네 울음소리를
알아듣고 서로의 체온을 확인하게 되겠지. 무사히 그리고 무
엇보다 건강하게, 엄마의 품에 안길 때까지 네 눈은 엄마의 눈
을 따라 움직이기를. 지켜보렴. 나는 그 곁에 머물 것이다.

만일 먼 훗날 내 기억이 다시 돌아오지 않는다면

이 이야기를 나에게 읽어주세요.

—영화 〈노트북〉 중 '엘리의 노트'에서

자고 있어, 곁이니까

ⓒ 김경주 2013

초판 1쇄 발행 2013년 2월 15일
초판 3쇄 발행 2015년 11월 13일

지은이 : 김경주
펴낸이 : 염현숙
편집인 : 김민정
편집 : 김필균 강윤정 김형균
디자인 : 한혜진
마케팅 : 정민호 나해진 이동엽 김철민
온라인마케팅 : 김희숙 김상만 한수진 이천희
제작 : 강신은 김동욱 임현식
제작처 : 영신사
펴낸곳 : (주)문학동네
임프린트 : 난다
출판등록 : 1993년 10월 22일 제406-2003-000045호
주소 : 10881 경기도 파주시 문발동 파주출판도시 513-8
전자우편 : nanda@nate.com /트위터 : @nandabook
문의전화 : 031-955-2656(편집) 031-955-8890(마케팅) 031-955-8855(팩스)
문학동네카페 http://cafe.naver.com/mhdn

ISBN 978-89-546-1992-9

www.munhak.com